歡喜念歌詩

鄉土教學・河洛語

5

厝頂彼隻貓

歡喜念歌詩 **5**

河洛語

厝頂彼隻貓

主題二十一 落大雨（天氣）

壹 本文

# 序

　　語言，不論是外語或方言，都是一扇窗，也是一座橋，它開啓我們新的視野，也聯結不同的族群與文化。

　　河洛語是中國方言的一種，使用的地區除了福建、台灣之外，還包括廣大的海外地區，例如東南亞的菲律賓、泰國、馬來西亞、印尼、新加坡、汶萊，以及美國、加拿大、澳洲、紐西蘭、與歐洲、中南美洲的台僑社區。根據格萊姆絲（Barbara F. Grimes）女士在2000年所著的民族語言（Ethnologue, 14 ed.）一書中估計，全球以河洛語作母語的使用者有四千五百萬人，國内學者估計更高達六千萬人。今年九月，美國哈佛大學的東亞系首開西方大學風氣之先，邀請台灣語言學家與詩人李勤岸博士開授河洛語課程；河洛語的普及與受重視的程度，乃達到歷史的新高。

　　我是一個所謂「外省第二代」的台灣人（用最時髦的話說，是「新台灣人」的第一代），從小在台北最古老、最本土的萬華（艋舺）長大，居住的大雜院不是眷村，但是幾乎全部是外省人，我的母語並不是國語，而是湖南（長沙）話，平常跟河洛語雖有接觸，但是並不深入，因此一直說得不流利。我的小學（女師附小）、初中（大安初中）、高中（建國中學）、大學（台大），都是在台北市念的，同學之間大都說國語，很少有說河洛語的機會，在語言的學習上，自然是跟隨社會上的大潮流走—重視國語與外語。大學畢業後，服兵役在南部的左營，本該有不少機會，但是軍中不准講河洛

語，只有在當伙委去市場買菜，或假日到高雄、屏東遊玩的時候，才有機會講講。退伍後立即出國留學，接觸機會又變少了，一直到二十年前回國服務，才再恢復對河洛語的接觸。

　　我開始跟方南強老師正式學河洛語，是一九九六年九月，當時不再擔任部會首長，比較有時間、有系統地學習河洛語，但是每週也只有二個小時。次年辭卸公職，回政大法律系教書，一年後參選並當選台北市長，每週一次的河洛語課一直未中斷。這五年來，我的河洛語有了不少的進步，一直有一個心願，就是為下一代打造一個可以方便學習各種母語的環境，以縮短不同族群背景市民間的距離。

　　我的第一步，是在台北市的幼稚園教唱河洛語歌謠與簡單的會話，先從培訓師資開始，在八十八年的暑假開了十八班，幼稚園的老師們反應熱烈，參加的老師達五百四十人。當年九月，台北市四百十一所幼稚園全面開始教河洛語歌謠與會話，八個月後，二五七位托兒所的老師也完成了講習，河洛語的教學乃擴張到六百零二家托兒所，可謂盛況空前。這本書，就是當時教育局委託一群河洛語學者專家（包括方老師）所撰寫的教本，出版當時只印了兩千本，很快就用光了，外縣市索取者眾，實在供不應求。最後決定在教育局的支持下，由作者委託正中書局和遠流出版公司聯合出版。

　　這本書內容淺顯而豐富，既有傳統教材中鄉土的內涵，也有現代生活中的特色。此外，設計精美的詩歌讀本，更能吸引學生興趣並幫助學生的記憶，可說是一大創舉。我對這本書有如下的期望：

—讓不會説河洛語的孩子能跟他們的父母、阿公阿媽更有效的溝通，增進親子關係；

—讓不會説河洛語的外省、客家、原住民孩子能聽、能講河洛語，增進族群和諧；

—讓河洛語推陳出新，納入更多現代生活的內涵。

　　台灣人的母語當然不只有河洛語，客語及原住民語也應該學習。今年九月，全國的國民小學開始實施九年一貫課程，教育部要求小一學生必須在河洛語、客語及原住民語這三種母語中，選擇一種。台北市的要求，則是除了必選一種之外，對於其他兩種母語，也要學習至少一百句日常用語或若干歌謠，這樣才能避免只選修一種可能帶來的副作用。這一種作法，我曾跟教育部曾志朗部長交換意見，也獲得他的支持。相關的教材，都在編撰出版中。

　　族群和諧是台灣人必走之路，語言的學習則是促進和諧、帶動進步最有效的方法。希望這一本書的出版，能為這一條必走之路，跨出一大步。

馬英九

民國九十年十月五日

編輯大意

一、教材發展的目的和意義

　　幼稚園的鄉土教育由來已久，由於學前階段的課程是開放的，不受部定教材的規定，時間上也非常自由，沒有進度的限制，實在是教育者實現教育理念的沃土，其中鄉土教育也隨著文化保留的世界潮流而受到重視，成為課程中重要的部分。

　　母語是鄉土教育的一環，到今天母語的提倡已不再是意識型態的問題了，而是基於文化傳承和尊重每一個文化的觀點。今天母語要在幼稚園開放，並且編寫教材，使幼兒對鄉土有較深入的接觸，可以培養出有包容力的情懷，和適應多元社會的能力。

　　但是，母語教材如何在一個開放的教育環境內使用，而仍能保持開放的原則？這是大家所關心的，基於此，在教材的設計、編排上有異於國小。在功能上期望能做到：

　　㈠ 營造幼兒河洛語的學習環境。

　　㈡ 成為幼兒河洛語文化探索的資源之一。

　　綜合上述說明，歸納教材發展的意義如下：

　　㈠ 尊重多元文化價值。

　　㈡ 延續河洛語系文化。

　　㈢ 幼兒成為有包容力的現代國民。

　　㈣ 幼兒發展適應多元化社會的能力。

二、教材特色

　　這套教材無論在架構體系上，內容上的規畫，創作方式上及編排的形式上都有明顯的風格和特色。如架構體系的人文主義色彩，教材的生活化、創作的趣味化和啟發性以及應用上的彈性和統合性等，現分述如下：

㈠ 人文化：

本套教材不僅考慮多元的教學法使用之方便，而設計成與眾不同的裝訂方式，而且內容也以幼兒為中心，配合全人教育的理念，在河洛語系文化中探索自我及個人與他人、個人與社區鄉里、個人與民族、個人與世界，乃至於個人與大自然的關係，使語言學習成為全人教育的一環。這是由五位童詩作家主筆的，所以都是詩歌體，他們在創作時，時時以幼兒為念，從幼兒的角度出發，並將幼兒與文化、環境密切結合。

㈡ 生活化：

幼兒學習自經驗開始才能達到學習效果，母語學習與生活結合，便是從經驗開始，使生活成為學習母語的真實情境，也使學習母語成為文化的深度探索。語言即文化，文化即生活，深入生活才能學好語言。這些童語，有濃厚的鄉土味，取材自鄉土文化，讓人有親切感。同時這是台北市所編寫的教材，自然也以台北市為背景，在創作時是以都會區幼兒的生活實況和需要為基礎的。因此也會反映生活的現代面，譬如適切使用青少年的流行語言，使教材兼具現代感，讓幼兒學到傳統的，同時也是現代的河洛

語，使河洛語成爲活的語言，呈現新的風貌。

㈢ 趣味化：

爲了引起幼兒對學母語的興趣，教材無論在内容上、音韻上均充滿童趣。教材雖然以詩爲主，但是大多的詩是生活化的白話語句，加上音韻，目的使幼兒發生興趣，而且容易學到日常語言，尤其是一些較難的名稱。此外，内容有「寓教於樂」的效果，而没有明顯的説教，或生硬的、直接的表達，使之念起來舒暢、聽起來悦耳，幼兒樂於念誦。此外，詩歌的呈現方式有創新的改變，其一，將詩中的名詞以圖象表現，使詩歌圖文並茂；其二，詩歌的排列打破傳統方式，採用不同形狀的曲線。如此使課文的畫面活潑生動而有趣，並增加了閱讀時的視覺動感。

㈣ 啓發性：

啓發來自間接的「暗示作用」。教材中充滿了含蓄的意義，發人省思。此外，這些白話詩大多數是有很明顯的故事性。凡此均能使親師領會後引導幼兒創造延伸，並充分思維，透過團體互動，幼兒的思維、感受更加豐富而深入。教師可應用其他資源，如傳説、故事書、神話等加以延伸。此外，有啓發性的教材會引發多方面的活動，增加了教材的應用性。

㈤ 統合性：

雖然母語教材以單一的形式呈現，但其内容有統合的功用。多數的詩文認知性很強，譬如教幼兒某些物件的名稱、功能等，但由於其間有比喻、擬人化，又有音韻，它就不只是認知性的了，它激發了幼兒的想像力，提供了創造的空間，並使幼兒感受到詩辭的優美，音韻的節奏感而有延伸的可能。詩文延伸成音、律活動、藝術性活動，而成爲統合性的教材。

㈥ 適用性：

1. 適用於多元的教學方式

   幼稚園教學種類並非統一的，從最傳統到最開放，有各家各派的教學法，所以在編排時要考慮到人人能用，並不專為某種教學法而設計。

2. 適用於較多年齡層

   本教材不為公立幼稚園一個年齡層而設計，而考慮多年齡層，或分齡或混齡編班均可使用。所以編排不以年齡為其順序。教材提供了選擇的可能性。較大年齡層要加強「應用」面，以發揮教材的深度和彈性，這便取決於教師的使用了。

3. 彈性與人性化，這是一套反映幼兒文化的教材，在時間與預算的許可下，內容應該繼續充實。這活頁的裝訂方式不但便於平日抽用，更便於日後的增編、修訂，發展空間無限。

4. 本書另附有(1)簡易羅馬拼音發音介紹及練習(2)羅馬音標及台灣河洛語音標對照表方便查考使用。

三、內容結構

　　全套共有二十六個主題（詳見目錄），分別由童詩作家，河洛語專家執筆，就各主題創作或收集民間童謠，彙集而成。這二十六個主題分為五篇，依序由個人擴充到同儕及學校生活、家庭與日常生活、社區及多元文化，乃至於大自然與環境。每篇、每個主題及每首詩及所有配合的教學活動均為獨立使用而設計的，不以難易的順序編排，每個主題包含數首童詩。

㈠ 個人：以［乖囝仔］爲主題包括——

1. ［眞伶俐］（我是好寶寶）
2. ［心肝仔］（身體）
3. ［平安上歡喜］（安全）
4. ［身軀愛清氣］（衛生保健）

㈡ 家庭與日常生活：以［阮兜］爲主題包括——

1. ［嬰仔搖］（甜蜜的家）
2. ［媽媽披衫我幫忙］（衣服）
3. ［枝仔冰］（家常食物）
4. ［瓜子　果子］（常吃的蔬果）
5. ［阿珠仔愛照鏡］（日用品）
6. ［電腦及鳥鼠仔］（科技生活）

㈢ 同儕與學校生活：以［好朋友］爲主題包括——

1. ［我有眞濟好朋友］（學校）
2. ［辦公伙仔］（遊戲與健康）
3. ［小蚼蟻會寫詩］（美感與創造）
4. ［這隻兔仔］（數的認知）
5. ［阿英彈鋼琴］（音感學習）

㈣ 社區及多元文化：以［好厝邊］爲主題包括——

1. ［好厝邊］（社區）
2. ［一路駛到台北市］（交通）
3. ［廟前弄龍］（節日習俗）
4. ［囝仔兄，坐牛車］（鄉土風情）
5. ［咱是一家人］（不同的朋友）

㈤ 大自然與環境：以［溪水會唱歌］為主題包括──

1. ［落大雨］（天氣）
2. ［寒天哪會即呢寒？］（季節）
3. ［火金姑］（小動物）
4. ［小雞公愛唱歌］（禽畜）
5. ［見笑草］（植物）
6. ［溪水會唱歌］（環境保育）

四、編輯形式

整套教材共分三部分：親師手冊（歡喜念歌詩第一至五冊）、輔助性教具ＣＤ片及詩歌讀本，未來要發展的錄影帶等。

每篇一冊共五冊，兼具親師教學及進修兩種功用。

1. 親師手冊內容分：學習重點、應用範圍、童詩本文及註解、配合活動（及其涉及的學習與發展和教學資源）、補充資料、及其他參考文獻。
2. 「學習重點」即一般之教學目標，本教材以「學習者」為中心，親師要從幼兒學習的角度去思考，故改為「學習重點」。由編輯教師撰寫。
3. 在「童詩註解」中附有注音，由童詩作家及河洛語專家撰寫。
4. 在「配合活動」中提出所需資源並詳述活動過程，使親師使用時能舉一反三。學習重點、應用範圍、及配合活動由教師撰寫。

5. 「相關學習」：是指一個活動所涉及的領域和發展兩方面，以「學習」取代「領域」，是為了使範圍更廣闊些，超越一般固定的領域界線。

6. 「補充資料」：有較難的詩文、諺語、謎語、簡易對話、歌曲、方言差異、異用漢字等，由童詩作家及河洛語專家提供。

五、撰寫方式

本教材所採用的詞語、發音等方面的撰寫，說明如下：

㈠ 使用語言

1. 本文（歌謠）部分採用河洛語漢字為書面用語。
2. 親師手冊的說明，解釋部份均用國語書寫。另外補充參考資料裏的生活會話、俗諺、謎語等仍以河洛語漢字書寫。

㈡ 注音方式

在河洛語漢字上，均加註河洛語羅馬音標，方便使用者能迅速，正確閱讀，培養查閱工具書的能力。

㈢ 漢字選用標準

用字，以本字為優先選用標準，如沒有確定之本字，則以兼顧現代社會語言的觀點和實用性及國語的普及性、通用性為主，兼顧電腦的文書處理方式，來選擇適切用字。另外，具有相容或同類之參考用字，於親師手冊補充資料中同時列舉出來，以供參考。

㈣ **方言差異**

1. 方音差異：本書採用漳州音爲主之羅馬音標，但爲呈現歌謠之音韻美，有時漳州、泉州音或或其他方音也交替混合使用。

2. 語詞差異：同義不同說法之用語，在補充參考資料中，盡可能列舉出，俾便參考使用。

3. 外來用語：原則上以和國語相通之用語爲選用標準，並於註解中說明之。

六、應用原則

這是一套學習與補充教材。教師在使用本教材時，宜注意將河洛語的學習和幼兒其他學習活動互相結合，使幼兒學習更加有趣。因此河洛語不是獨立出來的一門學科。學習的過程建議如下：

㈠ **在情境中思維和感覺**

語言不是反覆的朗誦和背記，與其他活動結合，使幼兒更能瞭解語言的情境脈絡。誠如道納生（M. Donaldson）所說，印地安人認爲「一個美國人今天射殺了六隻熊」這句話是不通順的，原因是這是不可能的事，這是美國人做不到的。因此，語言不再是單純的文法和結構問題，而是需要透過思維掌握情境脈絡，主動詮釋，所以語言需要主動的學習和建構。

建構的過程是帶有感性的。教師在使用圖卡時，可以邀請幼兒一起想一想這張圖、這首詩和自己的生活經驗有何關係？它使你想到了什麼？感覺如何？由此衍生出詩的韻律感、美感。

教師也可以和幼兒根據這些教材編故事，延續發展活動。

㈡ 團體互動中學習

團體可以幫助幼兒學習更爲有效。幼兒透過和他人的互動會習得更豐富的語言，語言本來就在社會人群中學來的！語言學習要先了解情境意義以及說話者的意圖，在學校裡，語言可以經由討論和分享使語辭應用、詮釋更多樣、更廣泛，觀念、意義，經過互動而得以修正，使之更加明確和深入。母語歌謠經過感覺、經驗分享後，也因而產生更多的創造性活動，無論是語言的，或超出語言的！而這是要靠團體互動才容易激發出來的。

㈢ 協助營造學習母語的文化環境

這即是一套輔助教材，應用的方式自然是自由、開放的。

將配有錄音、錄影的教材設置成教室裡的學習區，提供幼兒個別或小組學習。在自由選區的學習時間，幼兒會按照自己的興趣前來學念母語兒歌或童詩，此時幼兒會自動相互教念，教師也要前來指導、協助。教師也在此時對個別需要的幼兒進行個別指導。除了念誦，隨著CD片之播放之外，教師可在教室內的美術區提供彩色筆和畫紙，使有興趣的幼兒使用，將閱讀區的經驗畫下來、或畫圖、或塗符號，自由發揮。目前我們不刻意教寫字或符號，更何況河洛語語音符號尚未統一。專家發現，現行的符號系統太複雜，對幼兒不易，因此在符號沒有達成共識之前，幼稚園仍保持在圖象階段，符號的學習採取開放式。幼兒閱讀的書籍以圖象爲主，符號爲輔；幼兒在自然的情形下學會符號的意義。圖象提供了線索，同時也提供了寬廣的想像空間。幼兒先學會念誦後，在CD片協助下聽音，隨時都可以自然的學習閱讀符號，而不是逐字逐音特定時間教授。其實這種方式才符合幼兒語言學習的原理。

因此藉本教材之助，幼稚園在營造一個母語的文化環境，不是在學校的一隅，而是在每間教室的角落裡，溶入了每天的生活中。我們不能依賴這套教材，教師還需要自行尋求資源，配合單元和主題的需要。教材之外，學校裡要開放母語的使用，在生活中允許幼兒使用自己的語言（在幼稚園裡多可使用方言），以及推行各種方式的母語時間，使母語的學習更爲生活化。

(四) 教學活動由經驗開始，與教材連結

所有的教學活動都是以幼兒的經驗爲基礎，對母語而言，除了日常生活的會話之外，教學活動中會需要一些教材。因此教材內容也要選取與經驗相關的才是。

但是經驗涉及到直接經驗與間接經驗的問題，幼兒的學習是否一定要限定在直接經驗裡？學習透過直接的操作後，無法避免就會進入書本、各類傳媒，乃至於電腦的資源中，如果幼兒對某個主題有興趣做深入探索的話。如恐龍、沙漠、無尾熊等主題，雖然有些社會資源如博物館、動物園等可以參觀，但是幼兒仍然會超越這個層次，進入資料的探索。

當然了，對某些幼稚園而言，幼兒只停在看得見的社區類主題上，教師帶領也較方便，但對於有閱讀習慣的幼兒而言，一定會要求找資料。自從維高斯基（Vygotsky）提出語言與思維、語言與文化的重要性之後，後皮亞傑的學者們也紛紛提出閱讀的重要。當然，幼兒的閱讀並不是密密麻麻的文字！道納生(M. Donaldson)認爲口語語言不足以幫助兒童做深入的探索，她提出書本的好處：可以使人靜下來深思，可以帶著走，可以使人的思維不受現場的限制而提升思維層次等等，問題是，我們讓幼兒「脫離」現場經驗嗎？

在幼兒的生活及經驗分享中，幼兒的經驗早已超越了親身經驗，教師會發現媒體的比重是很大的！又如當幼兒談及某個主題時，有些幼兒會將看過的書告訴大家，知道的事比老師還多！時代在改變，「經驗」的定義還需要再界定。

因此幼兒學習母語雖從直接經驗開始，過程與直接經驗連結，但不限制在直接經驗裡。對書本類資源如此，對其內容而言也如此，與直接經驗相關，把較不普遍的經驗相關的內容，譬如「節日」、「鄉土風情」等，當作備索的資料，但不主動「灌輸」，只提供略帶挑戰性的方案主題作爲探索素材。

七、使用方法

　　教材之使用固然取決於教師，教師可以發揮個人的創造性，但爲了使教師瞭解本教材設計、創作的精神、建議使用方法如下：

1. 在每個主題的童詩中，基本上依難易程度抽取五至八首各代表不同年齡層的詩歌設計活動。五位作者所提供的詩歌多半適用於四歲以上幼兒，適用於四歲以下或六歲以上的較少。所以如果是混齡編班的園所，使用這套教材較爲方便，稍難一些的詩歌，在較大幼兒的帶領下，較小幼兒也可以學會。至於四歲以下，甚至三歲以下的小小班，就不適用了，尤其是傳統民間的歌謠，平均較難。

2. 「學習重點」涵蓋知、情、意統整的學習。

其中：

(1)幼兒以河洛語念詩歌。

(2)幼兒喜歡用河洛語念詩歌和溝通。

(3)幼兒將河洛語詩歌中的語詞用於日常溝通。

(4)幼兒表現詩歌的韻律和動感。

此四項為共同學習重點，在各別主題中不重述。「學習重點」以國語陳述，並且為了留給教師較多空間因而不採用行為目標的方式書寫。

3. 所設計之活動為「配合活動」，亦即配合和輔助一單元或主題的活動。「配合活動」在念誦之前或之後進行，這一點在活動過程說明中不再複述。活動多為念誦之外的其他發展性和應用性活動，如戲劇、繪畫、身體運動、音律、語文遊戲、創作等。

當然這並不表示活動、童詩不能單獨使用，譬如單獨的運動類、扮演類活動等，亦可成為日常活動的一部分。而童詩本身在幼兒等待的時間、活動中的銜接時間等，也可以很自然的隨時教他們念誦。

此外，活動是建議性的，只要與原來的主活動能搭配得很自然，詩歌的念誦不一定要有一個活動來配合。

4. 配合活動要充分顯示全人教育、統整性的課程特性，所以每首詩配以一個領域的活動，以原來的主題活動為中心，配合進去而發展出「統整性」的活動。此外，為確保達成每一個「學習重點」並使活動設計多元而不致過多的同質性，因而將每一首詩設計成不同領域的活動。但基本上每一首詩都可發展為語文活動，教師可在某一個領域活動後回歸到語文，譬如詞句的應用和創作活動，或將其他領域延伸成語文活動。

事實上，無論是那種領域，任何一個「配合」活動都至少涉及兩個以上的領域。亦即，無論以哪個領域爲引導，由於是「配合」的，所以加上原來的語文活動，「配合」活動的性質都是統合性的，教師必不會只專注於某個領域上。更何況事實上每個「配合」活動其本身都已涉及了多種領域了。

5. 配合活動之整體過程均儘量以河洛語進行。

6. 「配合活動」要能發揮詩歌的教育性功能，能延伸其含義及拓展學習的內容。譬如詩文中引用的地名、水果、物品，乃至於形容詞、動詞，均可視情況而更換，在活動中擴大幼兒的經驗。

7. 「補充資料」：簡易的對話、謎語是爲教師和幼兒預備的，教師選取簡易的用於幼兒。其他均是給教師的學習教材。

河洛語聲調及發音練習

河洛語八聲調

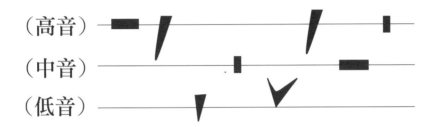

説明：河洛語第一聲，在高音線上，屬高平音，與國語第一聲類似。本書
　　　的羅馬拼音不標符號。

例：獅（sai），風（hong），開（khui），飛（pe），中（tiong），眞（
　　chin），師（su），書（chu），千（chheng）。

　　河洛語第二聲，由高音起降到中音線上，不屬平音，與國語第四聲類
　　似。本書羅馬拼音符號由右上斜至左下方向。

例：虎（hó˙），飽（pá），馬（bé），走（cháu），你（lí），九（káu）
　　，海（hái），狗（káu），紙（choá）。

　　河洛語第三聲，在低音線位置，屬低下音，國語無類似音。本書羅馬
　　拼音符號由左上斜至右下方向。

例：豹（pà），氣（khì），四（sì），屁（phùi），臭（chhàu），哭（
　　khàu），愛（ài），布（pò˙），騙（phiàn）。

　　河洛語第五聲，在中低音間，聲往下降至低音再向上揚起，類似國語
　　第三聲，但揚起聲不需太高。本書羅馬拼音符號是倒V字。

例：熊（hîm），龍（lêng），球（kiû），茶（tê），頭（thâu），油（iû），年（nî），蟲（thâng），人（lâng）。

河洛語第六聲和第二聲音調相同，不需使用。

河洛語第七聲在中音線位置，屬中平音，國語無類似音。本書羅馬拼音符號是一橫線。

例：象（chhiūⁿ），飯（pn̄g），是（sī），大（toā），會（hōe），尿（jiō），萬（bān），重（tāng），路（lō·）。

河洛語第四聲，在中音線位置，屬短促音，即陰入聲，國語無類似音。本書羅馬拼音如有以h、p、t、k中任何一字做爲拼音的尾字，即爲第四聲。第四聲與第一聲相同不標示符號，區分在尾字是否代表短聲（入聲），否則爲第一聲。

例：鴨（ah），七（chhit），筆（pit），角（kak），節（cheh），八（pat），答（tap），汁（chiap），殼（khak）。

河洛語第八聲，在高音線位置，屬高短促音，即陽入聲，國語無類似音。與第四聲相同即字尾有以h、p、t、k者爲入聲字，第四聲、第八聲差異在於第四聲無標號，第八聲羅馬拼音以短直線標示於字母上頭。

例：鹿（lȯk），拾（chȧp），讀（thȧk），力（lȧt），學（hȧk），熱（joȧh），白（pȧh），日（jȧt），賊（chhȧt）。

　　下面附上河洛語羅馬拼音、國語注音符號河洛語念法簡易對照表，請參考使用：

羅馬拼音：	1. a	ha	sa	pha	tha	kha	
注音符號：	ㄚ	ㄏㄚ	ㄙㄚ	ㄆㄚ	ㄊㄚ	ㄎㄚ	
	2. ai	hai	sai	phai	thai	khai	
	ㄞ	ㄏㄞ	ㄙㄞ	ㄆㄞ	ㄊㄞ	ㄎㄞ	
	3. i	hi	si	phi	thi	khi	
	一	ㄏ一	ㄙ一	ㄆ一	ㄊ一	ㄎ一	
	4. au	hau	sau	phau	thau	khau	
	ㄠ	ㄏㄠ	ㄙㄠ	ㄆㄠ	ㄊㄠ	ㄎㄠ	
	5. u	hu	su	phu	thu	khu	
	ㄨ	ㄏㄨ	ㄙㄨ	ㄆㄨ	ㄊㄨ	ㄎㄨ	
	6. am	ham	sam	tham	kham		
	ㄚㄇ	ㄏㄚㄇ	ㄙㄚㄇ	ㄊㄚㄇ	ㄎㄚㄇ		
	an	han	san	phan	than	khan	
	ㄢ	ㄏㄢ	ㄙㄢ	ㄆㄢ	ㄊㄢ	ㄎㄢ	
	ang	hang	sang	thang	phang	khang	
	ㄤ	ㄏㄤ	ㄙㄤ	ㄊㄤ	ㄆㄤ	ㄎㄤ	
	7. ap	hap	sap	thap	khap		
	ㄚㄅ	ㄏㄚㄅ	ㄙㄚㄅ	ㄊㄚㄅ	ㄎㄚㄅ		
	at	hat	sat	phat	that	khat	
	ㄚㄉ	ㄏㄚㄉ	ㄙㄚㄉ	ㄆㄚㄉ	ㄊㄚㄉ	ㄎㄚㄉ	
	ak	hak	sak	phak	thak	khak	
	ㄚㄍ	ㄏㄚㄍ	ㄙㄚㄍ	ㄆㄚㄍ	ㄊㄚㄍ	ㄎㄚㄍ	
	ah	hah	sah	phah	thah	khah	
	ㄚㄏ	ㄏㄚㄏ	ㄙㄚㄏ	ㄆㄚㄏ	ㄊㄚㄏ	ㄎㄚㄏ	
	8. pa	pai	pi	pau	pu	pan	pang
	ㄅㄚ	ㄅㄞ	ㄅ一	ㄅㄠ	ㄅㄨ	ㄅㄢ	ㄅㄤ
	ta	tai	ti	tau	tu	tam	tan	tang
	ㄉㄚ	ㄉㄞ	ㄉ一	ㄉㄠ	ㄉㄨ	ㄉㄚㄇ	ㄉㄢ	ㄉㄤ
	ka	kai	ki	kau	ku	kam	kan	kang
	ㄍㄚ	ㄍㄞ	ㄍ一	ㄍㄠ	ㄍㄨ	ㄍㄚㄇ	ㄍㄢ	ㄍㄤ

9. ia　　hia　　sia　　khia　　tia　　kia
一Ｙ　ㄏ一Ｙ　ㄙ一Ｙ　ㄎ一Ｙ　ㄉ一Ｙ　ㄍ一Ｙ

iau　　hiau　　siau　　khiau　　tiau　　kiau
一ㄠ　ㄏ一ㄠ　ㄙ一ㄠ　ㄎ一ㄠ　ㄉ一ㄠ　ㄍ一ㄠ

iu　　hiu　　siu　　phiu　　thiu　　piu　　tiu　　kiu
一ㄨ　ㄏ一ㄨ　ㄙ一ㄨ　ㄆ一ㄨ　ㄊ一ㄨ　ㄅ一ㄨ　ㄉ一ㄨ　ㄍ一ㄨ

iam　　hiam　　siam　　thiam　　khiam　　tiam　　kiam
一Ｙㄇ　ㄏ一Ｙㄇ　ㄙ一Ｙㄇ　ㄊ一Ｙㄇ　ㄎ一Ｙㄇ　ㄉ一Ｙㄇ　ㄍ一Ｙㄇ

iang　　hiang　　siang　　phiang　　thiang　　piang　　tiang
一ㄤ　ㄏ一ㄤ　ㄙ一ㄤ　ㄆ一ㄤ　ㄊ一ㄤ　ㄅ一ㄤ　ㄉ一ㄤ

iah　　hiah　　siah　　phiah　　thiah　　piah　　kiah
一Ｙㄏ　ㄏ一Ｙㄏ　ㄙ一Ｙㄏ　ㄆ一Ｙㄏ　ㄊ一Ｙㄏ　ㄅ一Ｙㄏ　ㄍ一Ｙㄏ

iak　　hiak　　siak　　phiak　　thiak　　tiak　　kiak
一Ｙ《　ㄏ一Ｙ《　ㄙ一Ｙ《　ㄆ一Ｙ《　ㄊ一Ｙ《　ㄉ一Ｙ《　ㄍ一Ｙ《

iap　　hiap　　siap　　thiap　　tiap　　kiap
一Ｙㄅ　ㄏ一Ｙㄅ　ㄙ一Ｙㄅ　ㄊ一Ｙㄅ　ㄉ一Ｙㄅ　ㄍ一Ｙㄅ

10. la　　lai　　lau　　lu　　lam　　lap　　lat　　lak
ㄉＹ　ㄉㄞ　ㄉㄠ　ㄉㄨ　ㄉＹㄇ　ㄉＹㄅ　ㄉＹㄉ　ㄉＹ《

oa　　hoa　　soa　　phoa　　thoa　　koa　　toa
ㄨＹ　ㄏㄨＹ　ㄙㄨＹ　ㄆㄨＹ　ㄊㄨＹ　《ㄨＹ　ㄉㄨＹ

oai　　hoai　　soai　　phoai　　thoai　　poai　　koai
ㄨㄞ　ㄏㄨㄞ　ㄙㄨㄞ　ㄆㄨㄞ　ㄊㄨㄞ　ㄅㄨㄞ　《ㄨㄞ

ui　　hui　　sui　　phui　　thui　　kui　　tui
ㄨ一　ㄏㄨ一　ㄙㄨ一　ㄆㄨ一　ㄊㄨ一　《ㄨ一　ㄉㄨ一

oan　　hoan　　soan　　khoan　　poan　　toan　　koan
ㄨㄢ　ㄏㄨㄢ　ㄙㄨㄢ　ㄎㄨㄢ　ㄅㄨㄢ　ㄉㄨㄢ　《ㄨㄢ

oah　　hoah　　soah　　phoah　　koah　　toah　　poah
ㄨＹㄏ　ㄏㄨＹㄏ　ㄙㄨＹㄏ　ㄆㄨＹㄏ　《ㄨＹㄏ　ㄉㄨＹㄏ　ㄅㄨＹㄏ

oat　　hoat　　soat　　phoat　　thoat　　koat　　toat
ㄨＹㄉ　ㄏㄨＹㄉ　ㄙㄨＹㄉ　ㄆㄨＹㄉ　ㄊㄨＹㄉ　《ㄨＹㄉ　ㄉㄨＹㄉ

11. e　　he　　se　　phe　　oe　　hoe　　soe　　phoe
ㄝ　ㄏㄝ　ㄙㄝ　ㄆㄝ　ㄨㄝ　ㄏㄨㄝ　ㄙㄨㄝ　ㄆㄨㄝ

o　　ho　　lo　　so　　io　　hio　　lio　　sio
ㄜ　ㄏㄜ　ㄉㄜ　ㄙㄜ　一ㄜ　ㄏ一ㄜ　ㄉ一ㄜ　ㄙ一ㄜ

12. chha　　chhau　　chhu　　chham　　chhap　　chhi　　chhia

ㄘㄚ　　ㄘㄠ　　ㄘㄨ　　ㄘㄚㄇ　　ㄘㄚㄅ　　ㄑㄧ　　ㄑㄧㄚ

cha　　chau　　chu　　cham　　chi　　chia　　chiau

ㄗㄚ　　ㄗㄠ　　ㄗㄨ　　ㄗㄚㄇ　　ㄐㄧ　　ㄐㄧㄚ　　ㄐㄧㄠ

je　　ju　　jui　　joa　　ji　　jio　　jiu

ㄖㄝ　　ㄖㄨ　　ㄖㄨㄧ　　ㄖㄨㄚ　　ㄖㄧ　　ㄖㄧㄛ　　ㄖㄧㄨ

13. o·　　ho·　　lo·　　so·　　ong　　hong　　long　　khong

ㄛ　　ㄏㄛ　　ㄌㄛ　　ㄙㄛ　　ㄨㄥ　　ㄏㄨㄥ　　ㄌㄨㄥ　　ㄎㄨㄥ

ok　　hok　　sok　　tok　　iong　　hiong　　siong　　tiong

ㄛㄍ　　ㄏㄛㄍ　　ㄙㄛㄍ　　ㄉㄛㄍ　　ㄧㄨㄥ　　ㄏㄧㄨㄥ　　ㄙㄧㄨㄥ　　ㄉㄧㄨㄥ

iok　　hiok　　siok　　liok　　tiok　　kiok

ㄧㄛㄍ　　ㄏㄧㄛㄍ　　ㄙㄧㄛㄍ　　ㄉㄧㄛㄍ　　ㄉㄧㄛㄍ　　ㄍㄧㄛㄍ

14. ba　　bah　　ban　　bat　　bi　　be　　bo

万ㄚ　　万ㄚㄏ　　万ㄢ　　万ㄚㄉ　　万ㄧ　　万ㄝ　　万ㄛ

gau　　gi　　goa　　gu　　gui　　go·　　gong

ㆣㄠ　　ㆣㄧ　　ㆣㄨㄚ　　ㆣㄨ　　ㆣㄨㄧ　　ㆣㄛ　　ㆣㄨㄥ

15. im　　sim　　chim　　kim　　in　　lin　　pin　　thin

ㄧㄇ　　ㄙㄧㄇ　　ㄐㄧㄇ　　ㄍㄧㄇ　　ㄧㄣ　　ㄌㄧㄣ　　ㄅㄧㄣ　　ㄊㄧㄣ

ip　　sip　　khip　　chip　　it　　sit　　lit　　pit

ㄧㄅ　　ㄙㄧㄅ　　ㄎㄧㄅ　　ㄐㄧㄅ　　ㄧㄉ　　ㄙㄧㄉ　　ㄌㄧㄉ　　ㄅㄧㄉ

eng　　teng　　seng　　peng　　ek　　tek　　sek　　kek

ㄧㄥ　　ㄉㄧㄥ　　ㄙㄧㄥ　　ㄅㄧㄥ　　ㄝㄍ　　ㄉㄝㄍ　　ㄙㄝㄍ　　ㄍㄝㄍ

ian　　sian　　thian　　khian　　iat　　siat　　piat　　thiat

ㄧㄢ　　ㄙㄧㄢ　　ㄊㄧㄢ　　ㄎㄧㄢ　　ㄧㄚㄉ　　ㄙㄧㄚㄉ　　ㄅㄧㄚㄉ　　ㄊㄧㄚㄉ

un　　hun　　sun　　tun　　ut　　hut　　kut　　chut

ㄨㄣ　　ㄏㄨㄣ　　ㄙㄨㄣ　　ㄉㄨㄣ　　ㄨㄉ　　ㄏㄨㄉ　　ㄍㄨㄉ　　ㄗㄨㄉ

16. a^n　　sa^n　　ta^n　　ka^n　　ti^n　　chi^n　　ia^n　　iu^n

ㄚ°　　ㄙㄚ°　　ㄉㄚ°　　ㄍㄚ°　　ㄉㄧ°　　ㄐㄧ°　　ㄧㄚ°　　ㄧㄨ°

17. ma　　mia　　moa　　mau　　na　　ni　　nau　　niau

ㄇㄚ　　ㄇㄧㄚ　　ㄇㄨㄚ　　ㄇㄠ　　ㄋㄚ　　ㄋㄧ　　ㄋㄠ　　ㄋㄧㄠ

nga　　ngi　　nge　　ngau　　m　　ng　　sng　　kng

ㆣ°ㄚ　　ㆣ°ㄧ　　ㆣ°ㄝ　　ㆣ°ㄠ　　ㄇ　　ㄥ　　ㄙㄥ　　ㄍㄥ

河洛語羅馬字母及台灣語言音標對照表

聲母

河洛語羅馬字	p ph b m t th l n
台灣語言音標	p ph b m t th l n

河洛語羅馬字	k kh g ng h ch chh j s
台灣語言音標	k kh g ng h c ch j s

韻母

河洛語羅馬字	a ai au am an ang e eng i ia iau iam ian iang
台灣語言音標	a ai au am an ang e ing i ia iau iam ian iang

河洛語羅馬字	io iong iu im in o oe o͘ ong oa oai oan u ui un
台灣語言音標	io iong iu im in o ue oo ong ua uai uan u ui un

鼻音

河洛語羅馬字	a^n ai^n au^n e^n i^n ia^n iau^n
台灣語言音標	ann ainn aunn enn inn iann iaunn

河洛語羅馬字	iu^n $io^{\cdot n}$ $o^{\cdot n}$ oa^n oai^n ui^n
台灣語言音標	iunn ioonn oonn uann uainn uinn

入聲

河洛語羅馬字	ah auh eh ih iah iauh ioh iuh
台灣語言音標	ah auh eh ih iah iauh ioh iuh

河洛語羅馬字	oh oah oaih oeh uh uih
台灣語言音標	oh uah uaih ueh uh uih

河洛語羅馬字	ap ip op iap
台灣語言音標	ap ip op iap

河洛語羅馬字	at it iat oat ut
台灣語言音標	at it iat uat ut

河洛語羅馬字	ak iok iak ek ok
台灣語言音標	ak iok iak ik ok

聲調

調　　　　類	陰平	陰上	陰去	陰入	陽平	陽去	陽入
調　　　　名	一聲	二聲	三聲	四聲	五聲	七聲	八聲
河 洛 語 羅 馬 字	不標調	／	＼	不標調	∧	—	|
台 灣 語 言 音 標	1	2	3	4	5	7	8

大家來讀河洛語

　　語言文字是民族文化的結晶，過去的文化靠著它來流傳，未來的文化仗著它來推進。人與人之間的意見和感情，也透過語言文字來溝通。

　　學習母語是對文化的深度探索，書中的童言童語，取材自鄉土文化，充分表現臺語文學的幽默、貼切和傳神，讓人倍感親切。其押韻及疊字之巧妙運用，不但呈現聲韻之美，也讓讀者易念易記，詩歌風格的課文，使讀者念起來舒暢，聽起來悅耳。

特色之一

　　生動有趣的課文，結合日常生活經驗，讓初學者能夠很快的琅琅上口，並且流暢的表達思想和情意，是語文教材編製的目標和理想。

特色之二

本書附有（1）河洛語聲調及發音練習【 河洛語羅馬拼音、國語注音符號河洛語念法簡易對照表 】（2）河洛語羅馬字母及台灣語言音標對照表，方便讀者查閱參考使用。

　　本書是一套學習與補充教材，策劃初期是為幼稚園老師所編著的，但由於內容兼具人文化、生活化、趣味化，同時富有啟發性及統合性，增廣本套書的適用性，無論是幼兒、學齡兒童、青少年或成人，只要是想多瞭解河洛語、學習正統河洛語的人，採用這套教材將是進修的最佳選擇！

主題二十一
落大雨（天氣）

學習重點：

一、用河洛語表達不同的天氣。

二、認識不同的天氣形態。

三、感受天氣的變化。

四、激發出想像力和創造力。

五、透過身體動作體會大自然。

六、透過與同伴的互動增進友情及社會情緒。

壹、本文

一、落雨
Lòh hō·

雨　啊，雨　啊，
Hō·　a　hō·　a

嫑　閣　落。
mài　koh　lòh

龍　眼　在　開　花，
Lêng　géng　teh　khui　hoe

阮　欲　去　迌　迌，
gún　beh　khì　chhit　thô

歇　一　下，敢　毋　好？
hioh　chit　ē　kám　m̄　hó

(一)註解：（河洛語──國語）

1. 嫑(mài) ──不要
2. 閣(koh) ──再
3. 落(lòh) ──下
4. 阮(gún) ──我們
5. 欲去(beh khì) ──要去
6. 迌迌(chhit thô) ──玩；遊玩
7. 歇一下(hioh chit ē) ──停一下；休息一下

8. 敢毋好(kám m̄ hó)──難道不好嗎？

㈡應用範圍：

1. 三歲以上幼兒。
2. 有關天氣的單元或主題。
3. 有關天氣的故事。
4. 配合雨季（梅雨季）時念誦。

㈢配合活動：

雨天幼兒念過「落雨」後。

1. 聽雨的聲音，說出像什麼？
2. 請小朋友找不同材質的物品到雨中，聽聽看雨點打在不同東西上的聲響。
3. 試試看用樂器或其他物品發出像下雨的聲音。
4. 再試試看不同的雨聲聲量、速度，如大雷雨、毛毛雨……
5. 下雨時還會有其他什麼聲音呢？
6. 用打擊樂器及其他物品合奏一場雨中的旋律。

㈣教學資源：

不同材質的物品，如鐵板、木頭、紙……等及樂器

㈤相關學習：

節奏感、認知

二、落大雨
Lȯh tōa hō·

大 雨 大 雨 一 直 落，
Tōa hō· tōa hō· it tȯt lȯh

落 甲 土 脚 澹 漉 漉。
lȯh kah thô· kha tâm lok lok

大 雨 大 雨 一 直 落，
Tōa hō· tōa hō· it tȯt lȯh

共 阮 沃 甲 澹 糊 糊。
kā gún ak kah tâm kô· kô·

大 雨 大 雨 一 直 落，
Tōa hō· tōa hō· it tȯt lȯh

害 阮 行 路 滑 一 倒。
hāi gún kiâⁿ lō· kȯt chȯt tó

(一)註解：（河洛語──國語）

1. 落(lȯh)──下

2. 甲(kah)──得

3. 土脚(thô· kha)──地上

4. 澹漉漉(tâm lok lok)──濕淋淋

5. 共(kā)──把

6. 阮(gún)──我們

7. 沃甲(ak kah)──淋得

8. 澹糊糊(tâm kô· kô·)──濕黏黏

9. 行路(kiâⁿ lō͘) ——走路

10. 滑一倒(kut chi̍t tó) ——滑一跤

㈡應用範圍：

1. 四歲以上幼兒。

2. 有關天氣的單元或主題。

3. 有關下雨的故事。

4. 配合雨季時念誦。

㈢配合活動：

雨天教幼兒念「落大雨」配合以下活動：

1. 自製接水容器，可利用不同材質的紙、樹葉、布……等物品，比較用起來有什麼不同。

2. 幼兒分成兩組比賽接雨，自己想辦法利用身體或其他物品接雨水至容器內。

3. 比賽結束後，測量比較哪一隊所接的雨水較多。

㈣教學資源：

容器、不同材質的物品

㈤相關學習：

認知、語言溝通

三、風颱
Hong thai

風 颱 風 颱 你 足 害，
Hong thai hong thai lí chiok hāi

一 年 來 咧 幾 若 擺，
chi̍t nî lâi leh kúi nā pái

風 若 大，人 徛 獪 在，
hong nā tōa lâng khiā bē chāi

雨 若 大，會 做 水 災，
hō͘ nā tōa ē chò chúi chai

我 有 話 講 予 你 知，
góa ū ōe kóng hō͘ lí chai

上 好 你 嬡 來 。
siōng hó lí māi lâi

(一)註解：（河洛語——國語）

1. 風颱(hong thai) ——颱風

2. 足害(chiok hāi) ——非常不好

3. 來咧(lâi leh) ——來了

4. 幾若擺(kúi nā pái) ——好幾次

5. 若(nā) ——如果

6. 徛獪在(khiā bē chāi) ——站不穩

7. 予(hō͘) ——給

8. 上好(siōng hó) ——最好

9. 嬡(mài) ——不要

㈡應用範圍：

1. 四歲以上幼兒。
2. 關於天氣的單元或主題。
3. 與說故事的內容相關的活動。
4. 配合颱風之前或之後的探討活動。

㈢配合活動：

颱風季節幼兒念「風颱」，進行以下活動：

1. 請教師當颱風眼，站在幼兒圍成的圓圈之中，教師喚出長音的呼呼聲，代表風勢強勁，幼兒就向四周跑開。沒有呼呼聲即表示風已停，幼兒便停在原地。

2. 教師再喚出短的呼呼聲時，幼兒手牽手向颱風眼處集中，此時表示風勢較小。
   教師停止呼聲時，表示颱風警報已解除。

3. 幼兒移動的方向可由前後轉換為左右或上下移動，幼兒在熟悉此一活動後，教師的呼喚聲可以兒歌詞取代，如「風颱來啊」代表向中間集中，「風颱走啊」或「上好你嬡來」代表向四周散開。

4. 請幼兒分享：散開與集中的不同感覺。
   　　　　　　　緊貼與放鬆時的不同感覺。
   　　　　　　　颱風來、去的不同感覺。

㈣教學資源：

寬敞舒適的場地

㈤相關學習：

身體感覺、社會情緒、語言溝通

四、地　動
Tē　tāng

地　動、地　動，
Tē　tāng　　tē　tāng

什　麼　時　來　無　人　知，
sím　mih　sî　lâi　bô　lâng　chai

搖　甲　厝　東　倒　西　歪，
iô　kah　chhù　tang　tó　sai　oai

路　及　橋　斷　甲　離　西　西，
lō·　kap　kiô　tñg　kah　lî　sai　sai

地　牛　地　牛　你　是　爲　啥　代？
tē　gû　tē　gû　lí　sī　ūi　siáⁿ　tāi

脾　氣　哪　會　即　呢　穤。
Phî　khì　ná　ē　chiah　nih　bái

(一)註解：（河洛語──國語）

1. 地動(tē tāng) ──地震

2. 搖甲(iô kah) ──搖得

3. 厝(chhù) ──房子

4. 斷甲(tñg kah) ──斷得

5. 離西西(lī sai sai) ──分離四散

6. 啥代(siáⁿ tāi) ──什麼事情

7. 即呢(chiah nih) ──這麼

8. 穤(bái) ──壞；不好

㈡應用範圍：

1. 四歲以上幼兒。
2. 有關地震的單元或主題。
3. 與說故事的內容相關的活動。
4. 於地震發生之後的探討活動。

㈢配合活動：

1. 教師提供幼兒有關地震的資料，觀後教師或小朋友扮演新聞播報人員播報世界某地區所發生地震的情形如九二一地震，請幼兒以河洛語來分享。
2. 討論你從新聞中知道哪些事？如，來自各方的關懷、救助、災難中感人的事等。地震來了怎麼辦？
3. 在教師指導下請幼兒一起做一次地震的防震演習。
4. 帶領幼兒念「地震」。
5. 討論如何幫助受災難的人，用河洛語對他們說幾句話，教師將他們的話組織起來，再帶他們念。

㈣教學資源：

有關地震的書籍、圖片等資料，如九二一地震紀錄片

㈤**相關學習**：

　　認知、創造、語言溝通

五、彈雷公
Tân lûi kong

彈 雷 公 ， 轟 轟 轟 ，
Tân lûi kong　　hong hong hong

鴨 仔 驚 甲 戇 戇 戇 ，
ah á kiaⁿ kah gōng gōng gōng

狗 仔 門 口 亂 亂 闖 ，
káu á mˆng kháu loān loān chông

田 螺 出 來 四 界 摸 ，
chhân lê chhut lâi sì kòe bong

水 雞 落 水 噗 通 噗 通 。
súi ke lȯh chúi phuh thong phuh thong

(一)註解：（河洛語──國語）

1. 彈雷公(tân lûi kong) ──打雷
2. 鴨仔(ah á) ──鴨子
3. 驚甲(kiaⁿ kah) ──嚇得
4. 戇戇戇(gōng gōng gōng) ──傻傻呆呆
5. 狗仔(káu á) ──狗兒
6. 亂亂闖(loān loān chông) ──亂衝亂闖
7. 四界(sì kòe) ──到處
8. 摸(bong) ──摸索
9. 水雞(súi ke) ──青蛙
10. 落水(lȯh chúi) ──下水

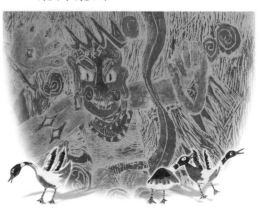

㈡應用範圍：

1. 五歲以上幼兒。
2. 有關天氣的單元或主題。
3. 與說故事的內容相關的活動。
4. 有關天氣的安全教育。

㈢配合活動：

1. 教師提供雷公的神話供幼兒閱讀，或由老師講述之後，請幼兒說說他們最喜歡故事的那一段，為什麼？
2. 請幼兒將故事稍作改編，並用戲劇方式呈現。選出演員組、道具組、配樂組。
3. 演員組要為自己的角色做造型設計。道具組可利用各種不同材料創造特別的道具、場景。配樂組可找大、小不同的鼓來充當雷聲，並用其他樂器如沙鈴，或輕敲三角鐵當做雨聲，與雷聲配合。
4. 教師要在選擇樂器前請幼兒思考哪種樂器奏出哪種聲音。
5. 戲劇結束後，一邊配樂，一邊念「彈雷公」。

㈣教學資源：

相關圖書、各種不同材料，如布、樂器……

㈤相關學習：

創造、表現、語文（閱讀）、語言溝通、認知、小肌肉運動

六A、虹
Khēng

一 條 彎 彎 佇 天 頂 ，
Chi̍t tiâu oan oan tī thiⁿ téng

看 予 清 ， 看 予 明 ，
khòaⁿ hō͘ chheng khòaⁿ hō͘ bêng

伊 毋 是 射 箭 的 弓 ，
i m̄ sī siā chìⁿ ê keng

也 毋 是 傳 說 的 龍 ，
iā m̄ sī thoân soat ê lêng

伊 是 七 彩 美 麗 的 虹 。
i sī chhit chhái bí lē ê khēng

㈠註解：（河洛語──國語）

1. 佇(tī) ──在

2. 天頂(thiⁿ téng) ──天上

3. 看予清(khòaⁿ hō͘ chheng) ──看清楚點

4. 看予明(khòaⁿ hō͘ bêng) ──看明白點

5. 伊(i) ──它

6. 毋是(m̄ sī) ──不是

六B、虹
Khēng

山 彼 旁，
Soaⁿ hit pêng

一 條 虹，
chi̍t tiâu khēng

紅 橙 黃 綠 藍 靛 紫 。
âng têng n̂g le̍k nâ tiān chí

啊 ！ 七 彩 虹，
A Chhit chhái khēng

是 毋 是 仙 女 的 彩 裙 ？
sī m̄ sī sian lú ê chhái kûn

㈠註解 ：（河洛語——國語）

1. 彼旁(hit pêng) ——那邊
2. 是毋是(sī m̄ sī) ——是不是

㈡應用範圍：

1. 五歲以上幼兒。
2. 有關天氣的單元或主題。
3. 有關色彩的單元、方案或活動。

㈢配合活動：

幼兒在探索「虹」一段時間後，教師教幼兒念「虹」。並進行以下活動。

1. 教師準備數條七種顏色的彩帶（可用布條或皺紋紙……等來代替）。

2. 將彩帶發給幼兒，當音樂一響起，幼兒即隨著音樂自由舞動彩帶，擺動身體，來一段即興的彩帶舞，配合台語兒歌，邊念邊舞動彩帶。

3. 請幼兒說說對彩虹的感覺，像什麼？自己最喜歡彩虹中那一個顏色，為什麼？

4. 利用顏料讓幼兒創作自己心中的彩虹，並利用長條雨傘套，注入水及各種顏料，做成彩色水柱，懸掛在教室(剛才跳舞的彩帶也可加入創作之中)，讓彩虹住在教室中。

㈣教學資源：

顏料、彩帶、各種形狀的透明袋子，如雨傘套、吃手扒雞的手套……等（做水柱用），紙、筆

㈤相關學習：

創造、感覺情緒、感官與認知、語言溝通

貳、親子篇

天　烏　烏
Thiⁿ　o͘　o͘

天　烏　烏，　欲　落　雨，
Thiⁿ　o͘　o͘　beh　lȯh　hō͘

鯽　仔　魚，　欲　娶　某，
chit　á　hî　beh　chhōa　bó͘

魚　擔　燈，　蝦　拍　鼓，
hî　taⁿ　teng　hê　phah　kó͘

水　雞　扛　轎　大　腹　肚，
súi　ke　kng　kiō　tōa　pak　tó͘

田　螺　舉　旗　喝　艱　苦。
chhân　lê　giȧh　kî　hoah　kan　khó͘

(一)註解：（河洛語——國語）

1. 天烏烏(thiⁿ o͘ o͘) ——天黑黑

2. 欲(beh) ——要

3. 落雨(lȯh hō͘) ——下雨

4. 鯽仔魚(chit á hî) ——鯽魚

5. 娶某(chhōa bó͘) ——娶太太

6. 拍鼓(phah kó͘) ——打鼓

7. 水雞(súi ke) ——青蛙

8. 扛轎(kng kiō) ——抬轎

9. 大腹肚(tōa pak tó·) —— 大肚子
10. 喝(hoah) —— 喊；叫
11. 艱苦(kan khó·) —— 辛苦

㈡活動過程：

1. 利用睡前的時間，先和幼兒一起哼念「天烏烏」的兒歌。

2. 接下來將房間內的燈光調暗，家長利用房間內的小燈、床單、枕頭、棉被……等，做為道具，親子一起邊念兒歌，一邊扮演。建議動作如下：

   「天烏烏，欲落雨」，家人各持床單一角，上下左右甩動。

   「鯽仔魚，欲娶某」(同上)。

   「魚擔燈，蝦拍鼓」，幼兒拿小燈四處照照，另一人拍床或枕頭。

   「水雞扛轎大腹肚」，幼兒跳到大人身上抱住，大人四處走動。

   「田螺舉旗喝艱苦」。爸媽分別抬幼兒的手腳，輕輕搖動。

3. 請家長配合兒歌內容，編一個簡單的故事給幼兒聽，進入夢鄉。

4. 洗澡時，利用家中浴室或居家型小水池，一邊玩水一邊念兒歌。如：可用蓮蓬頭噴水製造下雨情境，拍打水面當做拍鼓動作……。

叁、補充參考資料

一、生活會話：

好天

老師：今仔日有落雨無？

小朋友：今仔日無落雨。

老師：有風無？

小朋友：有一點仔風。

老師：會熱艙？

小朋友：艙什麼熱。

老師：會寒艙？

小朋友：也艙什麼寒。

老師：今仔日的天氣是毋是真好？

小朋友：是，今仔日的天氣真好。

Hó thiⁿ

Lāu su：Kin á jit ū lȯh hō˙ bô？

Sió pêng iú：Kin á jit bô lȯh hō˙。

Lāu su：Ū hong bô？

Sió pêng iú：Ū chit tiám á hong。

Lāu su：Ē joȧh bē？

Sió pêng iú：Bē sím mih joȧh。

Lāu su：Ē kôaⁿ bē？

Sió pêng iú：Iā bē sím mih kôaⁿ。

Lāu su：Kin á jit ê thiⁿ khì sī m̄ sī chin hó？

Sió pêng iú：Sī，kin á jit ê thiⁿ khì chin hó。

二、參考語詞：（國語──河洛語）

1. 天氣──天氣(thiⁿ khì)
2. 氣候──氣候(khì hāu)
3. 晴天──好天；日頭天(hó thiⁿ; jit thâu thiⁿ)
4. 陰天──烏陰天(o· im thiⁿ)
5. 雨天──落雨天；雨來天(loh hō· thiⁿ; hō· lâi thiⁿ)
6. 刮風──起風(khí hong)
7. 下雨──落雨(loh hō·)
8. 下雪──落雪(loh seh)
9. 毛毛雨──雨毛仔(hō· mn̂g á)
10. 梅雨──黃酸雨；樹梅雨(n̂g sng hō·; chhiū m̂ hō·)
11. 西北雨──西北雨(sai pak hō·)
12. 打雷──彈雷公(tân lûi kong)
13. 閃電──熠爁(sih nā)
14. 悶熱──翕熱(hip joah)
15. 乾旱──洘旱(khó oāⁿ)
16. 吹風淋雨──吹風沃雨(chhoe hong ak hō·)
17. 濕淋淋──澹漉漉(tâm lok lok)
18. 溫暖──燒烙；溫暖(sio lō; un loán)

19. 彩虹──虹 (khēng)

20. 地震──地動 (tē tāng)

21. 龍捲風──捲螺仔風 (kńg lê á hong)

22. 颱風──風颱 (hong thai)

23. 起霧──罩茫 (tà bông)

24. 攝氏──攝氏 (liap sī)

25. 晴時多雲偶陣雨──好天濟雲有時陣雨 (hó thiⁿ chē hûn ū sî chūn hō·)

26. 寒流──寒流 (hân liû)

27. 涼快──秋清 (chhiu chhìn)

28. 雲──雲 (hûn)

29. 露水──露水 (lō· chúi)

30. 東北風──東北風 (tang pak hong)

31. 西南風──西南風 (se lâm hong)

32. 微風──微微仔風 (bî bî á hong)

三、謎語：

1. 出門一蕊花，入門一條瓜。

Chhut mn̂g chi̍t lúi hoe, ji̍p mn̂g chi̍t tiâu koe。

(猜一種日用品)

答：雨傘

2. 有聽著聲，無看著影，摸𣍐著邊，食𣍐出鹹淡。

Ū thiaⁿ tio̍h siaⁿ, bô khòaⁿ tio̍h iáⁿ, bong bē tio̍h piⁿ, chia̍h bē chhut kiâm chiá^n。

（猜自然界一物）

答：風

3. 一枝竹仔透天長，蝴蠅毋敢舐。

Chi̍t ki tek á thàu thi^n tn̂g, hô͘ sîn m̄ ká^n chn̄g。

（猜自然界一種現象）

答：落雨（下雨）

4. 大姆舉火照，二姆乒乓叫，三姆落地掃，四姆連鞭到。

Tōa ḿ gia̍h hóe chiò, jī ḿ pīn piàng kiò, sa^n ḿ lo̍h tē sàu, sì ḿ liâm pi^n kàu。

（猜自然界四種現象）

答：熠爁（閃電）、彈雷（打雷）、吹風、落雨（下雨）

5. 一支扁擔，箍紅垰，予你想咧兩三年。

Chi̍t ki pin ta^n, kho͘ âng kî^n, hō͘ lí siū^n leh nn̄g sa^n nî。

（猜自然界一物）

答：虹（彩虹）

四、俗諺：

1. 一雷天下響。

Chi̍t lûi, thian hā hiáng。

（一鳴驚天下。）

2. 天落紅雨，馬發角。

Thiⁿ lȯh âng hō͘, bé hoat kak。

（喻不會有的道理。）

3. 掃著風颱尾。

Sàu tiȯh hong thai bóe。

（被波及到之意。）

4. 九月颱，無人知。

Káu gȯeh thai, bô lâng chai。

（九月的颱風不可預測，有時會突然來襲。）

5. 一粒雨，擲死一個人。

Chȋt liȧp hō͘, tìm sí chȋt ê lâng。

（形容傾盆大雨。）

6. 西北雨落獪過車路。

Sai pak hō͘ lȯh bē kòe chhia lō͘。

（夏天驟雨，這邊下，那邊不下。）

7. 一雷壓九颱。

Chȋt lûi teh káu thai。

（如有打雷，颱風就不會來。）

8. 大日，曝死虎。

Tōa jȋt, phȧk sí hó͘。

（形容天氣炎熱。）

9. 竹風，蘭雨。

Tek hong, Lân ú。

（新竹風大，宜蘭雨多。）

10. 正月寒死豬，二月寒死牛，三月寒死播田夫。

Chiaⁿ goeh kôaⁿ sí tu, jī goeh kôaⁿ sí gú, saⁿ goeh kôaⁿ sí pò chhân hu。

（形容一二三月天氣非常寒冷。）

11. 三日風，兩日雨。

Saⁿ jit hong, nn̄g jit hō·。

（不是風就是雨，喻生活艱困。）

12. 六月棉被揀人蓋。

Lak goeh mî phōe kéng lâng kah。

（六月雖是夏天，時有寒冷，身體虛弱之人，還需蓋棉被。）

五、方言差異：

㈠方音差異

1. 龍眼　lêng géng/gêng géng
2. 阮　gún/goán
3. 迌迌　chhit thô/thit thô
4. 𣍐　bē/bōe
5. 做　chò/chòe

6. 地動　tē tāng／tōe tāng
7. 四界　sì kòe／sì kè
8. 水雞　súi ke／súi koe

六、異用漢字：

1. (teh) 在／塊
2. (beh) 欲／卜／懍／要
3. (chhit thô) 迫迌／佚陶／彳亍
4. (m̄) 毋／怀／不／嘸
5. (thô· kha) 土腳／塗跤
6. (kā) 共／給
7. (lâng) 人／儂／農
8. (khiā) 徛／豎／企／站
9. (hō·) 予／互
10. (siōng) 上／尙
11. (chhù) 厝／茨
12. (mài) 嬡／莫
13. (bē) 繪／袂／昧
14. (sì kòe) 四界／四過
15. (tī) 佇／置／在

主題二十二
寒天哪會即呢寒？（季節）

學習重點：

一、用河洛語表達季節的用語。

二、認識四季氣候的變化。

三、用身體感受四季的不同。

四、培養愛護大自然的情操。

壹、本文

一、熱天
Joa̍h thiⁿ

熱！熱！熱熱熱！
Joa̍h Joa̍h Joa̍h joa̍h joa̍h

天頂日頭即呢大！
Thiⁿ téng ji̍t thâu chiah nih tōa

蟬仔大聲在唱歌，
Siân á tōa siaⁿ teh chhiùⁿ koa

哎唷喂呀，哪會即呢熱？
ai io oe ia ná ē chiah nih joa̍h

(一)註解：（河洛語——國語）

1. 熱天(joa̍h thiⁿ) ——夏天
2. 天頂(thiⁿ téng) ——天上
3. 日頭(ji̍t thâu) ——太陽
4. 即呢(chiah nih) ——這麼
5. 蟬仔(siân á) ——蟬

(二)應用範圍：

1. 四歲以上幼兒。

2. 與季節或夏天有關的單元或方案、活動。

㈢配合活動：

1. 教師利用幼兒舊經驗的形容詞，並依這首詩歌的句型念誦，如：

   「紅豆湯——燒，燒燒燒
   　枝仔冰——冷，冷冷冷
   　芋仔炸——芳，芳芳芳」。

2. 教師帶讀詩歌中的兩句。

   「熱！熱！熱熱熱！天頂日頭即呢大。」

3. 教師與幼兒討論所舉出的食物分別放置處，如「枝仔冰——冰箱，芋仔炸——盤仔頂（內）」。

4. 依式造，「冷冷冷，冰箱枝仔冰即呢冷。」

   「芳芳芳，盤仔內芋仔炸即呢芳……。」

5. 將幼兒分成二組，一組分誦一句

   甲：「熱！熱！」　　乙：「熱熱熱！」

   甲：「天頂日頭」　　乙：「即呢大！」

   甲：「蟬仔大聲在唱歌」　　乙：「哎唷喂呀！哪會這呢熱」？

6. 教師和幼兒分別將上述所造的句子替換於「熱天」，二組輪流念誦。

㈣教學資源：

   有關之圖卡

㈤相關學習：

語言溝通、認知

二、寒天哪會即呢寒？

Kôaⁿ thiⁿ ná ē chiah nih kôaⁿ

寒　天　哪　會　即　呢　寒　？
Kôaⁿ thiⁿ ná ē chiah nih kôaⁿ

水　邊　的　田　蛤　仔　講　：
Chúi piⁿ ê chhân kap á kóng

因　為　寒　流　到　。
In ūi hân liû kàu

寒　天　哪　會　即　呢　寒　？
Kôaⁿ thiⁿ ná ē chiah nih kôaⁿ

山　頂　的　猴　山　仔　講　：
Soaⁿ téng ê kâu san á kóng

因　為　北　風　透　。
In ūi pak hong thàu

(一)註解：（河洛語──國語）

1. 寒天(kôaⁿ thiⁿ) ──冬天
2. 即呢(chiah nih) ──這麼
3. 寒(kôaⁿ) ──冷
4. 山頂(soaⁿ téng) ──山上
5. 猴山仔(kâu san á) ──小猴子
6. 透(thàu) ──風大

㈡應用範圍：

1. 三歲以上幼兒。
2. 關於氣候的單元或主題
3. 關於多季氣候的活動。

㈢配合活動：

1. 請幼兒用肢體表現多天身體的感覺，並把身體動作帶進兒歌裡，邊念邊做。

2. 多天時，你會用什麼方法來取暖？用河洛語討論：
   例如：「摩擦手心」，「做運動」、「戴手套」、「蓋棉被」……

3. 遊戲：擠來擠去
   大家圍圈圈、坐下、擠在一起，一邊念兒歌，讓身體熱起來。
   擠來擠去將上面活動討論的內容套入，念：
   「寒天哪會即呢寒？」
   △△講
   「因為○○○」
   擠來擠去，將討論的結論套入，念：
   「寒天哪會即呢寒？」
   「欲按怎？」
   「○○○○就𣍐寒。」
   △△處可變換幼兒名字。
   ○○處請幼兒依自己的想法感覺改編。

㈣教學資源：

外套、手套、帽子、睡袋

㈤相關學習：

社會情緒、語言溝通、身體感覺

三、秋 天 到
Chhiu thiⁿ kàu

風 眞 透
Hong chin thàu

樹 仔 葉
chhiū á hio̍h

落 了 了
lak liáu liáu

光 映 映
kng iàⁿ iàⁿ

眞 見 笑
chin kiàn siàu

樹 仔 欉
chhiū á châng

搖 搖 頭
iô iô thâu

伊 講
i kóng

無 法 度
bô hoat tō·

秋 天 到
chhiu thiⁿ kàu

（一）註解：（河洛語──國語）

　1. 透（thàu）──大（形容風勢）

2. 樹仔葉(chhiū á hio̍h) ——樹葉

3. 落了了(lak liáu liáu) ——掉光光

4. 光映映(kng iạ̄ⁿ iạ̄ⁿ) ——光溜溜

5. 見笑(kiàn siàu) ——丟臉；不好意思

6. 樹仔欉(chhiū á châng) ——樹木

7. 伊(i) ——他；它

8. 無法度(bô hoat tō·) ——沒辦法

㈡應用範圍：

1. 四歲以上幼兒。

2. 關於氣候的單元或主題。

3. 有關秋天季節的活動。

㈢配合活動：

1. 帶幼兒到校園、附近公園或植物園觀察植物在秋天的變化，並說出自己的感覺。

2. 撿拾地上的落葉，回教室後做平面或立體的教室佈置。

3. 遊戲：接落葉

　⑴教師和幼兒利用各種材料：做出不同造型及顏色的葉子。

　⑵教師站在高處，將葉子撒下，幼兒利用雙手或器具接落葉。

4. 幼兒將接到的落葉貼在顏色大小相同的卡紙，放在桌面上，再找出相同的葉子。

　將兩片相同的葉子找出後，把貼葉子的面朝下玩記憶翻牌遊

戲，翻到相同葉子的，就可把牌保留下來，看誰拿到最多葉子牌。

5. 請幼兒說一說，可以用那些方法將葉子做分類呢？老師可暗示如：依照大小顏色，葉脈形狀，葉緣有齒或平滑，形狀……等。請幼兒按照所知道的方式，嘗試把葉子做分類。

㈣教學資源：

校園、公園、植物園、美術材料

㈤相關學習：

認知、創造

四、春天來啊
Chhun thiⁿ lâi a

春 天 來 啊
Chhun thiⁿ lâi a

春 天 來 啊
chhun thiⁿ lâi a

我 有 聽 著 叼 位 的 聲 佇 咧 講
góa ū thiaⁿ tioh tó ūi ê siaⁿ tī leh kóng

春 天 來 啊
Chhun thiⁿ lâi a

春 天 來 啊
chhun thiⁿ lâi a

佇 叼 位
tī tó ūi

佇 叼 位
tī tó ūi

我 有 聽 著 叼 位 的 聲 佇 咧 問
góa ū thiaⁿ tioh tó ūi ê siaⁿ tī leh mn̄g

春 天 來 啊
Chhun thiⁿ lâi a

春 天 來 啊
chhun thiⁿ lâi a

你 敢 無 聽 見 路 邊 的 花 草 佇
lí kám bô thiaⁿ kìⁿ lō· piⁿ ê hoe chháu tī

咧 問
leh mng

你 敢 無 聽 見 樹 仔 頂 的 鳥 仔
lí kám bô thiaⁿ kïⁿ chhiū á téng ê chiáu á

佇 咧 講
tī leh kóng

(一)註解：（河洛語——國語）

1. 聽著(thiaⁿ tioh) ——聽到
2. 叨位(tó ūi) ——哪裏
3. 佇咧講(tī leh kóng) ——在說
4. 敢無(kám bô) ——難道沒有
5. 樹仔頂(chhiū á téng) ——樹上
6. 鳥仔(chiáu á) ——鳥兒

(二)應用範圍：

1. 五歲以上幼兒。
2. 有關天氣的單元或主題。
3. 有關春天季節的活動。

(三)配合活動：

1. 教師扮演春神，將幼兒變成花朵和蝴蝶（蜜蜂、鳥……），幼

兒隨音樂旋律自由舞動。

2. 教師和幼兒討論春天的聲音像什麼？請幼兒閉起眼睛想，幼兒說：「春天來啊、春天來啊！」教師說：「佇叨位，佇叨位？」幼兒就輪流把想到的聲音發出（可用嘴巴、樂器、身體⋯⋯各種方式製造出來）。

3. 請幼兒分享聽到每一種幼兒創作出來聲音的感覺，最喜歡那種聲音呢？那一種聲音最像春天的聲音，為什麼？

4. 念春天這首兒歌並請幼兒在「我有聽著叨位的聲佇咧講」、「你敢無聽見樹仔頂的鳥仔佇咧講？」、「你敢無聽見路邊的花草佇咧問？」這幾句話的後面選擇合適的聲音配進去（可由前面幼兒所創造出來的聲音中選出來）。

㈣教學資源：

柔和的音樂、各種不同材質的可發出聲音的東西、樂器、錄音機

㈤相關學習：

聲音探索、身體感覺、語言溝通、創造

五、四季風
Sù kùi hong

春 風 吹，
Chhun hong chhoe

蜜 蜂 無 閒 在 採 花。
bit phang bô êng teh chhái hoe

南 風 吹，
Lâm hong chhoe

泅 水 迌 迌 食 西 瓜。
siû chúi chhit thô chiah si koe

秋 風 吹，
Chhiu hong chhoe

囝 仔 相 招 放 風 吹。
gín á sio chio pàng hong chhoe

北 風 吹，
Pak hong chhoe

鳥 鼠 仔 灶 脚 偷 食 粿。
niáu chhí á chàu kha thau chiah kóe

(一)註解：（河洛語──國語）

1. 無閒(bô êng)──没空；忙著
2. 泅水(siû chúi) ──游泳
3. 迌迌(chhit thô) ──玩耍
4. 食(chiah) ──吃
5. 囝仔(gín á) ──小孩子

6. 相招(sio chio) ——相邀

7. 放風吹(pàng hong chhoe) ——放風箏

8. 鳥鼠仔(niáu chhí á) ——老鼠

9. 灶腳(chàu kha) ——厨房

10. 偷食粿(thau chiáh kóe) ——偷吃糕

㈡應用範圍：

1. 五歲以上幼兒。

2. 關於氣候的單元或主題。

3. 有關四季季節的活動。

㈢配合活動：

1. 探索過季節之後，幼兒邊念「四季風」邊扮演出詩歌中的情境。

2. 教師與幼兒討論如何利用體能室的器材來表演出「蜜蜂無閒在採花」（例如用呼拉圈當花，當老師說第一關「蜜蜂無閒在採紅花」時，小朋友就要扮演蜜蜂跳到紅色的呼拉圈內，顏色可自訂）。

3. 教師說春天的蜜蜂採花關已經過了，現在我們要來設計第二關夏天的「泅水迌迌」關囉！教師和幼兒共同討論並讓幼兒闖關（例如由軟墊的一頭用游泳姿態爬到另一頭，用蛙、蝶、仰、自由式）。

4. 第三關教師手拿報紙條假裝「放風吹」，請幼兒用慢動作來捉，提示幼兒當「風吹」低的時候，幼兒的身體或手也是低的，

當「風吹」飛的快時，追的人也要跑得快，如果慢也要追的慢，舉得高，追的人手也要抬高或身體跳高。

請幼兒二人一組，一人手拿報紙當「風吹」，一人追逐並分享感受。

5. 第四關教師準備一條鋪成四個邊的厚墊，請幼兒過「鳥鼠仔灶腳偷吃粿」這一關，當老師演出「北風吹」時，幼兒輪流學「鳥鼠仔」快速爬完由厚墊鋪成的「灶腳」。

㈣教學資源：

體能區器具、器材，軟墊子、報紙

㈤相關學習：

大肌肉運動（跳、爬、追逐、翻、滾）、語言溝通

貳、親子篇

一、熱天
Joah thiⁿ

熱 ， 熱 ， 熱
Joah　joah　joah

熱 甲 擋 獪 牢 ，
joah　kah　tòng　bē　tiâu

電 風 一 直 搖 頭 ，
tiān　hong　it　tit　iô　thâu

伊 搖 頭 ， 風 著 來 ，
i　iô　thâu　hong　tioh　lâi

是 毋 是 ， 眞 奇 怪 ？
sī　m̄　sī　chin　kî　koài

二、寒天
Kôaⁿ thiⁿ

咻 ， 咻 ， 咻 ， 北 風 吹 ，
Hiu　hiu　hiu　pak　hong　chhe

樹 葉 仔 飛 。
Chhiū　hioh　á　pe

天 頂 在 落 雪 ，
Thiⁿ　téng　teh　loh　seh

歸 粒 山 頭 白 白 白 。
kui　liap　soaⁿ　thâu　peh　peh　peh

哎 唷 喂 呀 ！
Ai io oe ia

寒 甲 起 雞 母 皮 。
Kôaⁿ kah khí ke bú phê

(一)註解：（河洛語──國語）

1. 熱天(joah thiⁿ) ──夏天

2. 熱甲(joah kah) ──熱得

3. 擋艙牢(tòng bē tiâu) ──受不了

4. 電風(tiān hong) ──電扇

5. 伊(i) ──它

6. 著(tioh) ──就

7. 是毋是(sī m̄ sī) ──是不是

8. 寒天(kôaⁿ thiⁿ) ──冬天

9. 樹葉仔(chhiū hioh á) ──樹葉

10. 天頂(thiⁿ téng) ──天空

11. 落雪(loh seh) ──下雪

12. 歸粒山頭(kui liap soaⁿ thâu) ──整個山頭

13. 寒甲(kôaⁿ kah) ──冷得

14. 起雞母皮(khí ke bú phê) ──起雞皮疙瘩

(二)活動過程：

1. 父母問幼兒在園裡念過那首有關季節的兒歌，並討論季節變

化的特徵。

2. 在冬、夏天和幼兒念「熱天」或「寒天」，其他季節請幼兒念園中學過的「秋」、「春」的兒歌，親子互助學習。

3. 談談每個季節的景象，參考兒歌內容討論。

4. 預備大張的圖畫紙及各類色彩、顏料和幼兒一起作畫，各季節的景象、活動。

5. 家長要儘量讓幼兒自己創作，不要干涉和更改幼兒作品，家長可配合幼兒一起畫，並可提示生活經驗。

叁、補充參考資料

一、生活會話：

四季

老師：這馬是幾月？

小朋友：這馬是三月。

老師：三月是春天，是無？

小朋友：是，三月是春天

老師：春天過去是什麼天？

小朋友：是熱天。

老師：熱天過去是寒天，是無？

小朋友：毋是，是秋天。

老師：春天、熱天、秋天、寒天恁上愛什麼天？

小朋友：我上愛春天（熱天、秋天、寒天）。

Sù kùi

Lāu su：Chit má sī kúi goeh。

Sió pêng iú：Chit má sī san goeh。

Lāu su：San goeh sī chhun thin，sī bô？

Sió pêng iú：Sī， san goeh sī chhun thin。

Lāu su：Chhun thin kòe khì sī sím mih thin？

Sió pêng iú：Sī joah thin。

Lāu su：Joáh thiⁿ kòe khì sī kôaⁿ thiⁿ，sī bô？

Sió pêng iú：M̄ sī， sī chhiu thiⁿ。

Lāu su：Chhun thiⁿ、joáh thiⁿ、 chhiu thiⁿ、kôaⁿ thiⁿ lín
　　　　siōng ài sím mih thiⁿ？

Sió pêng iú：Góa siōng ài chhun thiⁿ（joáh thiⁿ、chhiu thiⁿ、
　　　　kôaⁿ thiⁿ）。

二、參考語詞：（國語——河洛語）

1. 春天——春天（chhun thiⁿ）

2. 夏天——熱天；夏天（joáh thiⁿ; hā thiⁿ）

3. 秋天——秋天（chhiu thiⁿ）

4. 冬天——寒天；冬天（kôaⁿ thiⁿ; tang thiⁿ）

5. 四季——四季（sù kùi）

6. 立春——立春（lip chhun）

7. 雨水——雨水（ú súi）

8. 驚蟄——驚蟄（keⁿ tek）

9. 春分——春分（chhun hun）

10. 清明——清明（chhiⁿ miâ）（chheng bêng）

11. 谷雨——谷雨（kok ú）

12. 立夏——立夏（lip hē）

13. 小滿——小滿（sió boán）

14. 芒種——芒種（bông chéng）

15. 夏至——夏至（hē chì）

16. 小暑——小暑（sió sú）

17. 大暑——大暑(tāi sú)

18. 立秋——立秋(lip chhiu)

19. 處暑——處暑(chhù sú)

20. 白露——白露(peh lō·)

21. 秋分——秋分(chhiu hun)

22. 寒露——寒露(hân lō·)

23. 霜降——霜降(sng kàng)

24. 立冬——立冬(lip tang)

25. 小雪——小雪(sió soat)

26. 大雪——大雪(tāi soat)

27. 冬至——冬至(tang chì)

28. 小寒——小寒(sió hân)

29. 大寒——大寒(tāi hân)

30. 陽曆——新曆(sin lėk)

31. 陰曆——舊曆(kū lėk)

三、謎語：

1. 四季如春。

　　Sù kùi jû chhun。

　　（猜台灣一地名）

　　答：恆春

2. 共寒天鎖佇箱仔內。

　　Kā kôan thin só tī siun á lāi。

　　（猜一種電器用品）

答：冰箱

四、俗諺：

1. 春鮸，冬加魶。

   Chhun bián, tang ka la̍h。

   （春季的鮸魚，冬季的加魶魚，是應時季的佳味。）

2. 夏蟲，毋捌雪。

   Hā thâng, m̄ bat seh。

   （見識不廣，夏天的蟲，不知道冬天的雪。）

3. 年驚中秋，月驚十九。

   Nî kiaⁿ tiong chhiu, ge̍h kiaⁿ cha̍p káu。

   （年如過了中秋，月如過了十九，，也快過去了。）

4. 冬瓜，生毋著冬。

   Tang koe, seⁿ m̄ tio̍h tang。

   （冬瓜是夏天結實，完全名實不合。比喻生不逢時。）

5. 歹田，向後冬。

   Pháiⁿ chhân, ǹg āu tang。

   （這次不好或失敗，期望將來。）

6. 未冬節都在搓圓，冬節哪會無圓搓。

   Bōe tang cheh to teh so îⁿ, tang cheh ná ē bô îⁿ so。

（謂平時都很喜愛了，豈有放過機會的道理。）

7. 九月風吹，滿天哮。

Káu goeh hong chhoe, móa thiⁿ háu。

（九月是放風箏的好季節。）

8. 年冬好收，查某人發嘴鬚。

Nî tang hó siu, cha bó· lâng hoat chhùi chhiu。

（豐收農忙時，農家婦女連洗臉時間都沒有。）

9. 芒種蝎，討無食。

Bông chéng iah, thó bô chiah。

（陰曆五月，花都開過，蝴蝶沒什麼可吃。）

10. 白露，毋通攪土。

Peh lō·, m̄ thang kiáu thô·。

（白露時，不要把土攪動，以免損害稻根。）

五、方言差異：

㈠方音差異

1. 熱　joah/loah
2. 迌迌　chhit thô/thit thô
3. 風吹　hong chhoe/hong chhe
4. 鳥鼠　niáu chhí/niáu chhú
5. 粿　kóe/ké

6. 𣍐　bē/bōe

7. 飛　poe/pe

8. 雞母皮　ke bú phôe/koe bó phê

㈡**語詞差異**

1. 蟬仔　siân á／大螺　tōa lē／蓭蜅蠐　am pô͘ chê／蟯蠐
   ka chê

2. 電風　tiān hong／電扇風　tiān sìⁿ hong

六、異用漢字：

1. (teh) 在／塊

2. (tó ūi) 叨位／佗位

3. (ê) 的／兮／个

4. (tī) 佇／在／置

5. (chhit thô) 迌迌／佚陶／彳亍

6. (gín á) 囝仔／囡仔

7. (cháu kha) 灶腳／灶跤

8. (bē) 𣍐／袂／昧／袜

9. (tiâu) 牢／椆

10. (m̄) 毋／怀／不／唔

主題二十三
火金姑（小動物）

學習重點：

一、用河洛語表達常見的昆蟲和小動物。

二、了解常見小動物的習性。

三、養成尊重生命、保護動物的情操。

壹、本文

一、田蛤仔
Chhân kap á

一 隻 田 蛤 仔 四 枝 腿，
Chit chiah chhân kap á sì ki thúi

兩 蕊 目 睭 一 枝 嘴，
nñg lúi bak chiu chit ki chhùi

腹 肚 大 大 欲 放 屁，
pak tó tōa tōa beh pàng phùi

Pû～噗 通！噗 通！跳 落 水。
Pû phuh thong phuh thong thiàu loh chúi

(一)註解：（河洛語——國語）

1. 田蛤仔(chhân kap á) ——小青蛙
2. 枝(ki) ——腳腿的量詞
3. 蕊(lúi) ——眼睛的量詞
4. 目睭(bak chiu) ——眼睛
5. 腹肚(pak tó) ——肚子
6. 欲(beh) ——要
7. 跳落(thiàu loh) ——跳下

㈡應用範圍：

1. 四歲以上幼兒。
2. 與小動物相關的單元或方案。

㈢配合活動：

1. 教師帶唱兒歌，一隻蛤蟆一張嘴，二隻眼睛四條腿……。
2. 教師以河洛語介紹「田蛤仔」的外貌。
3. 由幼兒設計動作搭配「田蛤仔」念誦。
4. 比比看，看誰「跳落水」跳得遠，跳得好，或是練習由高處跳下（教師需說明動作要領）每一幼兒「跳落水」之前必需先念誦一次並配合動作。
5. 教師和幼兒共同決定，更換特徵類似之動物，並改變「跳落水」為「向前跳」「跋落溝」……等。

㈣教學資源：

體操用軟墊、小動物圖卡

㈤相關學習：

語言溝通、律動、大肌肉運動、認知

二、紅毛蟹
Aⁿg　mô͘　hē

紅　毛　蟹，
Aⁿg　mô͘　hē

八　枝　脚，
peh　ki　kha

上　愛　匿　佇　石　頭　脚；
siōng　ài　bih　tī　chioh　thâu　kha

毋　驚　澹，
M̄　kiaⁿ　tâm

毋　驚　焦，
m̄　kiaⁿ　ta

身　軀　的　殼　若　雨　幪，
seng　khu　ê　khak　ná　hō͘　moa

啥　人　欺　負　伊，
siáⁿ　lâng　khi　hū　i

伊　就　用　鉸　刀　共　鉸　鉸　鉸。
i　chiū　ēng　ka　to　kā　ka　ka　ka

(一)註解：（河洛語──國語）

1. 毛蟹(mô͘ hē) ──螃蟹

2. 枝(ki) ──脚的量詞

3. 上愛(siōng ài) ──最愛

4. 匿佇(bih tī) ──躲在

5. 石頭脚(chioh thâu kha) ──石頭底下

6. 毋驚($\bar{\text{m}}$ kia^{n}) ——不怕

7. 澹(tâm) ——濕

8. 焦(ta) ——乾

9. 身軀(seng khu) ——身體

10. 若(ná) ——好像

11. 雨幪(hō· moa) ——雨衣

12. 啥人(siá^{n} lâng) ——什麼人

13. 伊(i) ——牠

14. 鉸刀(ka to) ——剪刀

15. 共(kā) ——把

㈡應用範圍：

1. 五歲以上幼兒。

2. 與動物相關的單元、方案或活動。

3. 相關的故事。

㈢配合活動：

1. 幼兒進行蟹類生物的探索後念「紅毛蟹」或在活動結束時念。在校園內找出一條路線，路線中包含溼的泥巴地、乾的水泥地、溼的草地、乾的沙地……等。可依校園內的環境資源做安排。

2. 與幼兒進行分享討論。

   Q：哪些地段較「毋驚澹」？「毋驚焦」？

　　Q：行經哪些地段時，腳底的感受是什麼（粗、柔、涼、熱……）
　　　　哪裡感受最舒服？爲什麼？

3. 繼續大腳丫活動：幼兒分兩排，在同質地面，如草地上競走，
　 一排側面走，一排正面走，比賽哪一排較快，或兩排分別在不
　 同質地面，如泥巴和沙地，以相同方法競走，全部側走或全部
　 正面走。

4. 討論哪種走法較快？哪種地質較好走？爲什麼？

5. 亦可讓幼兒打赤腳在校園中散步，並可自由分享踩在各種路
　 面上的感覺及新發現。

6. 帶領幼兒念誦「紅毛蟹」。

㈣教學資源：

校園環境

㈤相關學習：

認知及感官、大肌肉運動

三、刺毛蟲
Chhì môʘ thâng

刺 毛 蟲
Chhì môʘ thâng

毛 氅 氅
môʘ chhàng chhàng

眞 驚 人
chin kiaⁿ lâng

伊 講
i kóng

小 朋 友
sió pêng iú

毋 免 驚
m̄ bián kiaⁿ

我 是 蜴 仔 的 幼 蟲
góa sī iah á ê iù thâng

過 幾 工
kòe kúi kang

會 換 婿 衫 來 舞 弄
ē oāⁿ súi saⁿ lâi bú lāng

(一)註解：（河洛語——國語）

1. 刺毛蟲(chhì môʘ thâng) ——毛毛蟲

2. 毛氅氅(môʘ chhàng chhàng) ——毛茸茸的

3. 驚人(kiaⁿ lâng) ——嚇人

4. 伊（i）——牠

5. 毋免驚（m̄ bián kiaⁿ）——不用怕

6. 蜴仔（iȧh á）——蝴蝶

7. 婎衫（súi saⁿ）——漂亮衣服

8. 舞弄（bú lāng）——飛舞戲耍

㈡應用範圍：

1. 四歲以上幼兒。

2. 與昆蟲相關的單元、方案或活動。

3. 有關的故事。

㈢配合活動：

1. 教師先教念「刺毛蟲」，可將念謠套入幼兒熟悉的曲調中，例如：「三輪車」、「小蜜蜂」。其中可部份以口白或節奏方式表現。例如：「伊講、過幾工、會換婎衫來舞弄。」

2. 教師放輕柔的音樂，以講述故事方式，敘述毛毛蟲成長的過程，幼兒隨故事情境及旋律，以肢體表現毛毛蟲的成長。

3. 教師準備各種材質的布塊，分散於活動區域內。引導幼兒於各階段中，將布塊做應用，例如：可當葉子、當蛹或是當蝴蝶的翅膀……等。

4. 活動後，可請幼兒將活動過程畫下或是分享。

㈣教學資源：

各種材質的布塊、輕柔音樂、錄音機、節奏樂器

㈤相關學習：

音樂律動、身體與感覺、創造

四、土蚓仔
Tō͘ ún á

土　蚓　仔
Tō͘　ún　á

頭　尖　尖
thâu　chiam　chiam

尾　尖　尖
bóe　chiam　chiam

也　無　爪
iā　bô　jiáu

也　無　角
iā　bô　kak

一　條　腸　仔
chı̍t　tiâu　tn̂g　á

尾　到　頭
bóe　kàu　thâu

土　脚　兜
thô͘　kha　tau

鑽　透　透
chǹg　thàu　thàu

(一)註解：（河洛語──國語）

1. 土蚓仔(tō͘ ún á)　──蚯蚓

2. 腸仔(tn̂g á)　──腸子

3. 土脚兜(thô͘ kha tau)　──地底頭

㈡應用範圍：

1. 三歲以上幼兒。
2. 與動物相關的單元、方案或活動。
3. 相關的故事。

㈢配合活動：

1. 幼兒在探索過蚯蚓後，一起念「土蚓仔」，教師請幼兒準備自己的被套，或請家長協助提供乾淨之布袋。
2. 帶幼兒至運動室。
3. 請幼兒全身鑽入布袋中，雙手抓住布袋前端。
4. 讓幼兒在布袋內做各種身體動作延展的變化，如：彎曲、伸展、捲曲……等各種造型，隨教師的口令變化：「頭尖尖、尾尖尖，土腳兜，鑽透透」。
5. 分享在地面蠕行的感受，身體在被套裡的感覺。

㈣教學資源：

睡袋、布袋、絕緣膠帶、罐子、斜坡道

㈤相關學習：

身體與情緒、感覺、語言溝通

五、火金姑
Hóe kim ko·

火　金　姑，火　金　姑，
Hóe　kim　ko·　hóe　kim　ko·

頭　紅　紅，翅　烏　烏，
thâu　âng　âng　sit　o·　o·

上　愛　匿　佇　草　仔　埔；
siōng　ài　bih　tī　chháu　á　po·

火　金　姑，火　金　姑，
Hóe　kim　ko·　hóe　kim　ko·

電　火　藏　佇　伊　腹　肚，
tiān　hóe　chhàng　tī　i　pak　tó·

暗　時　通　好　去　尋　某。
àm　sî　thang　hó　khì　chhōe　bó·

(一)註解：（河洛語——國語）

1. 火金姑(hóe kim ko·)——螢火蟲
2. 烏烏(o· o·)——黑黑
3. 上愛(siōng ài)——最喜歡
4. 匿佇(bih tī)——藏在
5. 草仔埔(chháu á po·)——草叢
6. 電火(tiān hóe)——電燈
7. 伊(i)——牠
8. 腹肚(pak tó·)——肚子

9. 暗時(ām sî) ──晚上

10. 通好(thang hó) ──可以

11. 尋某(chhōe bó·) ──找太太

㈡應用範圍：

1. 四歲以上幼兒。

2. 與昆蟲相關的單元、方案或活動。

3. 相關的故事。

㈢配合活動：

1. 幼兒探索過夏季的昆蟲或相關主題後帶領幼兒念過整首「火金姑」。

2. 準備小小的手電筒，分給每個幼兒一個。

3. 教師安排一有窗簾的活動室，教師邊念「火金姑」兒歌，幼兒可高興並揮動著小電筒在室內自由走動，教師用鈴鼓加快速度，中途念「火金姑，暗時通好去尋某」，找一位身邊的同伴，一起走動。

4. 停下來坐好分享：剛才的景象，還有哪些是相似的？如：天上的小星星，燭燈夜遊、煙火……等。

5. 為「火金姑」想一個故事畫下來，將不同想像中的景象畫下來，如煙火……等，亦可以全體創作方式進行。

㈣**教學資源**：

水彩、畫紙、小電筒（請勿用寶利龍球塗螢光劑以免造成污染問題）

㈤**相關學習**：

創造、社會情緒、語言溝通、身體與感覺

六、黃蝶仔
Nĝ iảh á

黃 蝶 仔 ， 衫 黃 黃
Nĝ iảh á saⁿ ĝg ĝg

慢 慢 仔 飛 ，
bān bān á poe

到 花 園 ，
kàu hoe hĝg

看 著 花 ，
khòaⁿ tiỏh hoe

一 枝 嘴 嘟 甲 長 長 長 。
chit ki chhùi tu kah tĝg tĝg tĝg

(一)註解：（河洛語──國語）

1. 蝶仔(iảh á) ──蝴蝶

2. 衫(saⁿ) ──衣服

3. 慢慢仔(bān bān á) ──慢慢的

4. 看著(khòaⁿ tiỏh) ──看到

5. 一枝嘴(chit ki chhùi) ──一張嘴巴

6. 嘟甲(tu kah) ──伸得

(二)應用範圍：

1. 四歲以上幼兒。

2. 有關蝴蝶的單元、方案或探索活動。

㈢配合活動：

1. 幼兒在探索過蝴蝶之後，念誦「黃蝎仔」。
2. 將探索過的各種蝴蝶，綜合分享後可進行以下活動：
   ⑴請幼兒製作出不同的蝴蝶圖案。
   ⑵或爲其他的彩蝶創作兒歌，或將第一句「黃蝎仔、衫黃黃」改爲其他蝴蝶，描述其彩翼，或聯結「刺毛蟲」這首詩填詞念誦。
   ⑶或爲蝴蝶家族編一個故事，教師引導幼兒思維；爲什麼蝴蝶的彩色，樣子會不相同？怎麼變來的？毛毛蟲變蝴蝶時知不知道自己漂不漂亮？等等問題創作成故事。

㈣教學資源：

參觀蝴蝶館、昆蟲館、書籍、相關故事書

㈤相關學習：

創造、語言溝通、感覺情緒

貳、親子篇

露 螺
Lō͘　lê

露　螺　公，　露　螺　婆，
Lō͘　lê　kong　lō͘　lê　pô

厝　揹　咧，　賴　賴　趖，
chhù　phāiⁿ　leh　lōa　lōa　sô

四　界　去　迌　迌；
sì　kòe　khì　chhit　thô

毋　驚　跖　竹　篙，
M̄　kiaⁿ　peh　tek　ko

毋　驚　落　大　雨，
m̄　kiaⁿ　lȯh　tōa　hō͘

上　驚　去　到　大　車　路。
siōng　kiaⁿ　khì　kàu　tōa　chhia　lō͘

(一)註解：（河洛語──國語）

1. 露螺(lō͘ lê) ──蝸牛
2. 厝(chhù) ──屋子
3. 揹咧(phāiⁿ leh) ──背著
4. 賴賴趖(lōa lōa sô) ──四處爬行
5. 四界(sì kòe) ──到處
6. 迌迌(chhit thô) ──遊玩

7. 毋驚($\bar{\text{m}}$ kia^n) ——不怕

8. 跖竹篙(peh tek ko) ——爬竹竿

9. 落大雨(lȯh tōa hō·) ——下大雨

10. 上驚(siōng kia^n) ——最怕

11. 大車路(tōa chhia lō·) ——大馬路

㈡活動過程：

1. 家中成員每人挑選一個枕頭或抱枕，綁在背上。請家長帶領幼兒念誦「露螺」的兒歌，並於家中安全的地方隨意爬行，一邊尋找適合爬高的地方，如：沙發、床鋪……等。

2. 將綁在身上的布條或繩線拿掉，然後直接將枕頭擺在背上，邊念兒歌，邊行走，待念完兒歌，看誰的枕頭都未掉落。全家人可將優勝者高高抬起，以資獎勵。

叁、補充參考資料

一、生活會話：

有什麼動物

阿明：阮兜有一隻「瑪爾吉斯」。

阿華：「瑪爾吉斯」是什麼？

阿明：是狗仔。

阿華：阮兜有兩隻貓仔。

阿芬：阮兜有四隻兔仔。

阿德：阮兜有十隻粉鳥仔。

阿中：阿榮，恁兜咧？

阿榮：阮兜有……有……

阿明：有什麼？

阿榮：有……有眞濟眞濟鉸蟻。

Ū sím mih tōng bu̍t

A bêng：Gún tau ū chi̍t chiah「ㄇㄚ³ㄦ³ㄐㄧ²ㄙ」。

A hôa：「ㄇㄚ³ㄦ³ㄐㄧ²ㄙ」sī sím mih？

A bêng：Sī káu á。

A hôa：Gún tau ū nn̄g chiah niau á。

A hun：Gún tau ū sì chiah thò· á。

A tek：Gún tau ū cha̍p chiah hún chiáu á。

A tiong：A êng，lín tau leh？

A êng：Gún tau ū……ū……

A bêng：Ū sím mih？

A êng：Ū……ū chin chē chin chē ka chȯah。

二、參考語詞：（國語──河洛語）

1. 貓──貓(niau)

2. 狗──狗(káu)

3. 羊──羊(iûⁿ)

4. 豬──豬(ti)

5. 馬──馬(bé)

6. 兔──兔(thò͘)

7. 牛──牛(gû)

8. 獅──獅(sai)

9. 虎──虎(hó͘)

10. 豹──豹(pà)

11. 鹿──鹿(lȯk)

12. 象──象(chhiūⁿ)

13. 猴──猴(kâu)

14. 長頸鹿──麒麟鹿(kî lîn lȯk)

　　　　　　長頸鹿(tn̂g kéng lȯk)

　　　　　　長領鹿(tn̂g ām lȯk)

15. 穿山甲──鯪鯉仔(lâ lí á)

16. 狐狸──狐狸(hô͘ lî)

17. 老鼠——鳥鼠(niáu chhí)

18. 松鼠——膨鼠(phòng chhí)

19. 犀牛——犀牛(sai gû)

    　　　角牛(kak gû)

20. 熊——熊(hîm)

21. 魚——魚(hî)

22. 鯨魚——海翁(hái ang)

23. 海豚——海豬仔(hái ti á)

24. 海豹——海狗(hái káu)

25. 鰻魚——鰻(môa)

26. 金魚——金魚(kim hî)

27. 泥鰍——鰗鰡(hô· liu)

    　　　魚鰡(hî liu)

28. 蝦——蝦仔(hê á)

29. 龍蝦——龍蝦(lêng hê)

30. 蟹——蟳(chîm)

31. 螃蟹——毛蟹(mn̂g hē) (mô· hē)

32. 龜——龜(ku)

33. 鱉——鱉(pih)

34. 蚌——蚶仔(hām á)

35. 蛤蜊——蜊仔(lâ á)

36. 牡蠣——蚵仔(ô á)

37. 水母——蛇(thē)

38. 蛇——蛇(chôa)

39. 蝴蝶——蝶仔(iàh á)

40. 蟬——蟬(siân)

41. 蠶——娘仔(niû á)

42. 蜻蜓——田嬰(chhân e^n)

43. 蚊子——蠓仔(báng á)

44. 蒼蠅——胡蠅(hô͘ sîn)

45. 蟑螂——蚻蟮(ka chȯah)

46. 跳蚤——虼蚤(ka cháu)

47. 蝨子——蝨母(sat bú)

48. 臭蟲——木蝨(ba̍k sat)

49. 壁虎——蟮翁仔(siān ang á)

50. 蜘蛛——蜘蛛(ti tu)

51. 螞蟻——狗蟻(káu hiā)

52. 癩蛤蟆——蟾蜍(chiu^n chî)

53. 蜈蚣——蜈蚣(giâ kang)

54. 蚯蚓——土蚓仔(tō͘ ún á)

55. 蜜蜂——蜂(phang)

56. 青蛙——田蛤仔(chhân kap á)

57. 蝸牛——露螺(lō͘ lê)

三、謎語：

1. 土厝，土門樓，生囝生孫做賊頭。

Thô͘ chhù, thô͘ mn̂g lâu, se^n kiá^n se^n sun chò chha̍t thâu。

(猜一種動物)

答：鳥鼠 (老鼠)

2. 有翅飛勿會起，無腳走千里。

  Ū sit poe bē khí, bô kha cháu chhian lí。

  （猜一種動物）

  答：魚

3. 一個老歲仔老哀哀，厝前厝後補米篩。

  Chit ê lāu hòe á lāu ai ai, chhù chêng chhù āu póˑ bí thai。

  （猜一種動物）

  答：蜘蛛

4. 毋驚神，毋驚鬼，驚風颱，驚大水。

  M̄ kiaⁿ sîn, m̄ kiaⁿ kúi, kiaⁿ hong thai, kiaⁿ tōa chúi。

  （猜一種動物）

  答：蚼蟻（螞蟻）

5. 有腳無手，有衫無鈕，出門專食紅燒酒。

  Ū kha bô chhiú, ū saⁿ bô liú, chhut mn̂g choan chiah âng sio chiú。

  （猜一種動物）

  答：蠓仔（蚊子）

6. 頭圓，尾直，六枝腳，四枝翅。

  Thâu îⁿ bóe tit, lak ki kha, sì ki sit。

  （猜一種動物）

  答：田嬰（蜻蜓）

7. 坐也是行，徛也是行，行也是行，睏也是行。

Chē iā sī kiâⁿ, khiā iā sī kiâⁿ, kiâⁿ iā sī kiâⁿ, khùn iā sī kiâⁿ。

（猜一種動物）

答：魚

四、俗諺：

1. 無魚，蝦嘛好。

   Bô hî, hê mā hó。

   （沒有多，少也好。有，總比沒有好。）

2. 龜笑鱉無尾。

   Ku chhiò pih bô bóe。

   （五十步笑百步。）

3. 虎頭，鳥鼠尾。

   Hó· thâu, niáu chhí bóe。

   （有頭無尾，有始無終。）

4. 一兼二顧，摸蜊仔兼洗褲。

   It kiam jī kò·, bong lâ á kiam sé khò·。

   （一舉兩得。）

5. 水清魚現。

   Chúi chheng, hî hiān。

   （水落石出，事情告一段落，黑白自會分明。）

6. 刣雞，敎猴。

　　Thâi ke, kà kâu。

　　（殺一戒百，罰小以警告大的。）

7. 食若牛，做若龜。

　　Chia̍h ná gû, chò ná ku。

　　（吃多，工作卻做得很慢。）

8. 田螺趖，有痕。

　　Chhân lê sô, ū hûn。

　　（所做的行為，會留下痕跡。）

9. 魚還魚，蝦還蝦。

　　Hî hoān hî, hê hoān hê。

　　（魚歸魚，蝦歸蝦，彼此不可混亂。）

10. 掠龜，走鱉。

　　Lia̍h ku, cháu pih。

　　（顧此失彼。）

11. 飼鳥鼠，咬布袋。

　　Chhī niáu chhí, kā pò· tē。

　　（恩將仇報。）

12. 龜腳，趖出來。

　　Ku kha, sô chhut lâi。

　　（露出馬腳。）

五、方言差異：

㈠方音差異

1. 毛蟹　mô· hē/mn̂g hē
2. 八　peh/poeh
3. 過　kòe/kè
4. 尾　bóe／bé
5. 火金姑　hóe kim ko·/hé kim ko·
6. 尋　chhōe/chhē
7. 飛　poe/pe
8. 四界　sì kòe/sì kè
9. 迫𨑨　chhit thô/thit thô

㈡語詞差異

1. 火金姑　hóe kim ko·／火金星　hóe kim chhi^n
2. 幾工　kúi kang／幾日　kúi jit

六、異用漢字：

1. (ba̍k chiu) 目睭／目珠
2. (beh) 欲／卜／懷／要
3. (siōng) 上／尙
4. (kha) 腳／跤
5. (ta) 焦／乾／涸／礁

6. (lâng)　人／農／儂
7. (súi)　婿／嬬／水／美
8. (thô· kha)　土腳／塗跤
9. (tī)　佇／在／置
10. (chhōe)　尋／揣／找／撦
11. (iàh á)　蝎仔／蝶仔
12. (chhùi)　嘴／喙
13. (sì kòe)　四界／四過
14. (chhit thô)　迌迌／佚陶／彳亍
15. (m̄)　毋／呒／唔／不
16. (peh)　踇／爬

主題二十四
小雞公愛唱歌（禽畜）

學習重點：

一、用河洛語表達常見的家禽與家畜名稱。

二、認識常見之家禽及鳥類的名稱習性及特徵。

三、養成愛護大自然及尊重生命的態度。

壹、本文

一、小雞公
Sió ke kang

小 雞 公 愛 唱 歌
Sió ke kang ài chhiùⁿ koa

喔 喔 喔
o͘ o͘ o͘

緊 起 來 喔
kín khí lâi o͘

喔 喔 喔
o͘ o͘ o͘

起 來 聽 我 唱 歌 喔
khí lâi thiaⁿ góa chhiùⁿ koa o͘

嘿 嘿 嘿
he he he

誠 歹 勢 喔
chiâⁿ pháiⁿ sè o͘

嘿 嘿 嘿
he he he

天 未 光 喔
thiⁿ bōe kng o͘

嘿 嘿 嘿
he he he

原 來 是
goân lâi sī

月　娘　喔
gȯeh　niû　o͘

㈠註解：（河洛語──國語）

1. 雞公(ke kang) ──公雞
2. 緊起來(kín khí lâi) ──快起來
3. 誠歹勢(chiâⁿ pháiⁿ sè) ──眞不好意思
4. 天未光(thiⁿ bōe kng) ──天未亮
5. 月娘(gȯeh niû) ──月亮

㈡應用範圍：

1. 五歲以上幼兒。
2. 有關動物的主題或單元。
3. 有關鄉村生活的主題或單元。
4. 相關故事。

㈢配合活動：

1. 充分探索過相關主題後，教師先和幼兒共同念誦「小雞公愛唱歌」的兒歌。
2. 請幼兒分享所聽到的兒歌內容及感覺，或是由教師提出問題問幼兒，兒歌中誰「誠歹勢」？爲什麼？或「小雞公」發生什

麼趣事？

3. 另外還可請幼兒分享在日常生活中不小心做錯事的感覺是什麼？什麼時候會「誠歹勢」？

4. 教師可提供美麗的風景畫冊、風景月曆畫等給幼兒欣賞。

5. 讓幼兒自行來創作想像中的鄉村生活（景物），或是印象深刻的鄉村景致，將它繪畫下來，材料可讓幼兒自由選擇。

6. 完成之作品，可讓幼兒利用美術區的材料來製作邊框，也可由教師或家長協助用美術區的材料來裱框。

7. 讓幼兒彼此欣賞作品，分享欣賞作品的感覺或是自己在做畫時的感覺。

㈣**教學資源**：

美術區材料、風景月曆紙、風景的畫冊

㈤**相關學習**：

認知、語言溝通、創造

二、鴨咪仔
Ah　bi　á

鴨　咪　仔　，真　古　錐　，
Ah　bi　á　　chin　kó͘　chui

行　路　脚　開　開　，
kiâ°　lō͘　kha　khui　khui

尻　川　扭　一　下　扭　一　下　，
kha　chhng　ngiú　chit　ē　ngiú　chit　ē

行　到　草　仔　堆　，
kiâ°　kàu　chháu　á　tui

看　著　一　尾　土　蚓　仔　，
khòa°　tioh　chit　bóe　tō͘　ún　á

大　嘴　就　開　開　開　。
tōa　chhùi　chiū　khui　khui　khui

㈠註解：（河洛語──國語）

1. 鴨咪仔(ah bi á) ──小鴨子
2. 古錐(kó͘ chui) ──可愛
3. 行路(kiâ° lō͘) ──走路
4. 尻川(kha chhng) ──屁股
5. 草仔埔(chháu á po͘) ──草叢
6. 土蚓仔(tō͘ ún á) ──蚯蚓

㈡應用範圍：

1. 三歲以上幼兒。
2. 有關動物的單元、方案或活動。
3. 相關的故事。

㈢配合活動：

1. 觀察校園內有鵝、鴨、雞等之家禽，或觀賞相關影片。
2. 和幼兒討論分享鴨子的各種習性，或讓幼兒模仿各種鴨子的動作。
3. 教師與幼兒一起念誦「鴨咪仔」童詩。
4. 將幼兒分為二組，於每組隊伍前，貼兩條長約四公尺、間距 45 公分的絕緣膠帶，並於終點處懸掛總共約一公尺高的長條形食物，如：QQ糖、蝦味仙……等。
5. 幼兒由起點出發，一腳踩在一條線上，循線前進，至終點處仰頭咬下長條形食物，再依前述方法回起點，與同隊下一人屁股輕撞後，即可輪下一人出發。
6. 全部隊員率先完成者即可獲勝。

㈣教學資源：

絕緣膠帶、細線、長條形食物、飼養區

㈤相關學習：

身體與感覺、社會情緒、認知

三、粉　鳥
Hún　chiáu

粉　鳥　、粉　鳥　，
Hún　chiáu　　Hún　chiáu

有　夠　巧　，
ū　kàu　khiáu

飛　去　遠　遠　了　後　，
poe　khì　hng　hng　liáu　āu

按　怎　轉　去　攏　有　才　調　，
àn　chóaⁿ　tńg　khì　lóng　ū　châi　tiāu

伊　毋　知　有　在　算　，
i　m̄　chai　ū　teh　sǹg

飛　過　幾　支　電　火　柱　？
poe　kòe　kúi　ki　tiān　hóe　thiāu

(一)註解：（河洛語──國語）

1. 粉鳥(hún chiáu) ──鴿子

2. 巧(khiáu) ──很聰明

3. 了後(liáu āu) ──以後

4. 按怎(àn chóaⁿ) ──怎樣

5. 轉去(tńg khì) ──回去

6. 攏有才調(lóng ū châi tiāu) ──都有辦法

7. 毋知(m̄ chai) ──不知道

8. 電火柱(tiān hóe thiāu) ──電線桿

㈡應用範圍：

1. 五歲以上幼兒。
2. 有關鳥類的主題或單元。

㈢配合活動：

1. 幼兒探索過有關鳥的主題後，教師和幼兒一同欣賞大自然音樂，可引導幼兒閉眼聆聽。
2. 分享在音樂中聽到什麼聲音？
3. 請幼兒想像自己是一隻鳥，再次聆聽大自然音樂，想像自己在那裏飛翔？
4. 請幼兒分享剛才飛到那裡？聽到些什麼聲音？
5. 教師敲擊三～四種樂器，讓幼兒說說看，這種樂器聽起來像是那裡的聲音？在那裡鳥兒會有什麼動作或反應？
6. 教師邊講述故事邊將「粉鳥」兒歌內容編入故事情節中，並搭配節奏樂器，讓幼兒隨故事情節想像扮演鳥兒飛翔各地的動作。
7. 分享：剛才扮演「粉鳥」飛翔時，身體有什麼感覺，喜不喜歡，為什麼？

㈣教學資源：

大自然音樂CD或錄音帶、音樂區樂器

㈤相關學習：

音樂律動、身體感覺、情緒、語言溝通

四、雞 及 鴨
Ke　kap　ah

雞　仔　嘴　尖　尖　，
Ke　á　chhùi　chiam　chiam

鴨　仔　嘴　扁　扁　；
ah　á　chhùi　píⁿ　píⁿ

雞　仔　愛　食　米　，
Ke　á　ài　chiah　bí

鴨　仔　愛　食　魚　。
ah　á　ài　chiah　hî

(一)註解：（河洛語──國語）

1. 雞仔(ke á) ── 雞
2. 鴨仔(ah á) ── 鴨
3. 愛(ài) ── 喜歡
4. 食(chiah) ── 吃

(二)應用範圍：

1. 四歲以上幼兒。
2. 有關動物的單元或方案、活動。
3. 有關身體的單元或方案、活動。

㈢配合活動：

1. 在幼兒相關活動的探索中，教師利用鳥類幻燈片或參觀鳥園，讓幼兒欣賞、觀察鳥類的嘴。

2. 請幼兒比較各種鳥的嘴，包括家禽的嘴，說說看每種嘴特別的地方在那裡？

3. 那些鳥的嘴尖尖的？像什麼？那些鳥的嘴扁扁的？像什麼？還有其他不同形狀的嘴？他們的嘴又像什麼？

4. 帶幼兒念「雞及鴨」。請幼兒利用身體動作來模仿鳥的嘴，或是利用美術區材料製作鳥類的嘴。

5. 讓幼兒分組比賽用製作出的假嘴來啣東西，進行遊戲競賽、討論那一種嘴比較好用，適合啣什麼東西。

6. 繪製各種形狀的嘴(不受童詩限制)，請幼兒列舉分屬於那些動物及飛禽，用河洛語形容這些嘴形。

7. 請幼兒將列舉出的動物及飛禽繪製在小卡片上，放置在認知學習區，自由玩配對，或教較年幼的同伴。

㈣教學資源：

幻燈機、動物幻燈片、美術區材料

㈤相關學習：

認知、語言溝通、身體感覺、創造

五、厝頂彼隻貓
Chhù téng hit chiah niau

厝 頂 彼 隻 貓，
Chhù téng hit chiah niau

歸 工 喵 喵 喵，
kui kang miau miau miau

是 在 學 唱 歌，
sī teh oh chhiùⁿ koa

抑 是 腹 肚 枵？
ah sī pak tó͘ iau

來 來 來，來 阮 兜，
Lâi lâi lâi lâi gún tau

我 請 你 食 一 個 大 魚 頭。
góa chhiáⁿ lí chiah chi̍t ê tōa hî thâu

㈠註解：（河洛語──國語）

1. 厝頂(chhù téng) ──屋頂

2. 彼(hit) ──那

3. 歸工(kui kang) ──整天

4. 喵(miau) ──貓叫聲

5. 抑是(ah sī) ──或是

6. 腹肚枵(pak tó͘ iau) ──肚子餓

7. 阮兜(gún tau) ──我家

8. 食(chiah) ──吃

㈡應用範圍：

1. 四歲以上幼兒。
2. 有關貓的單元、方案或活動。
3. 有關家畜的單元、方案或活動。

㈢配合活動：

1. 幼兒探索過相關主題後，進行以下活動：先由一位教師一句一句念「厝頂彼隻貓」每念完一句，另一位教師即在後面發出喵喵喵的聲音以配合念誦。兩位教師各徵求一起念誦和配音的伙伴，一組念誦一組配喵喵喵，念完後兩組再交換。

2. 教師扮演一隻大貓，小朋友扮演各種小貓，戴動物頭帶，大貓跳上跳下、走來走去，除了發出喵聲並配合各種動作表情，小貓也須以喵聲和動作表情作回應，不可以說話，說話者為假的貓，必須變成另一種動物，例如：狗或雞……，並再加入與大貓的互動之中。整個扮演可以由教室延至室外，沿路亦要以動物的角色移動隊伍，並邀請旁邊的幼兒加入，移至戶外後可加入翻滾或親暱動作，讓動作聲音、表情更誇張，教師邊提示動作邊走，鼓勵幼兒自由創作。

3. 大貓慢慢由一個地方變回「人」的模樣、小貓、小動物亦是，待全部都變回人形後，席地而坐。

4. 分享與討論。

   (1)怎麼知道貓咪在做什麼？牠做了什麼表情聲音動作？

(2)人和貓有什麼不一樣？喜歡貓那些部份？

(3)扮演貓或動物的感覺？

(4)喜歡扮演那種動物？為什麼？

㈣教學資源：

各種動物頭帶、寬敞的場地

㈤相關學習：

創造、語言溝通、身體與感覺、情緒、社會情緒

六、彼隻狗
Hit　chiah　káu

隔　壁　彼　隻　狗　，
Keh　piah　hit　chiah　káu

歸　工　拋　拋　走　，
kui　kang　pha　pha　cháu

看　著　主　人　，
khòaⁿ　tiòh　chú　lâng

吠　甲　嚛　嚛　嚛　，
pūi　kah　ngáu　ngáu　ngáu

看　著　生　份　人　，
khòaⁿ　tiòh　chheⁿ　hūn　lâng

驚　甲　變　啞　口　。
kiaⁿ　kah　piàn　é　káu

(一)註解：（河洛語──國語）

1. 彼(hit) ──那

2. 歸工(kui kang) ──整天

3. 拋拋走(pha pha cháu) ──到處亂跑

4. 看著(khòaⁿ tiòh) ──看到

5. 吠甲(pūi kah) ──叫得

6. 嚛(ngáu) ──狗叫聲

7. 生份人(chheⁿ hūn lâng) ──陌生人

8. 驚甲(kiaⁿ kah) ──嚇得

9. 啞口 (é káu) ──啞巴

㈡應用範圍：

1. 四歲以上幼兒。
2. 有關狗的單元、方案或活動。

㈢配合活動：

1. 幼兒在探索狗的主題時，教師和幼兒談談養狗的經驗，請幼兒分享自己家的狗有些什麼習性，歸納出具體的看法。
2. 教師帶幼兒念「彼隻狗」。
3. 每位幼兒用一句話或數句話用河洛語描繪自己家的狗或自己知道的狗，教師將幼兒的語句組合起來，請幼兒自己念。對於經驗不足的幼兒，教師可提供書或圖片，幼兒看過後用河洛語以描繪圖中的內容。
4. 請幼兒依據上述創作內容畫下來，或數位幼兒一組繪製一本狗的故事書。

㈣教學資源：

故事性圖片、故事書

㈤相關學習：
　　創造、語言溝通、社會情緒

貳、親子篇

去 散 步
Khì sàn pō.

雞 仔 鴨 仔 相 招 去 散 步 ，
Ke á ah á sio chio khì sàn pō.

貓 仔 狗 仔 愛 哭 愛 綴 路 ，
niau á káu á ài khàu ài tòe lō.

羊 咩 仔 講 伊 上 勢 焄 路 ，
iûⁿ me á kóng i siōng gâu chhōa lō.

趇 來 趇 去 尋 無 街 仔 路 。
sèh lâi sèh khì chhōe bô ke á lō.

(一)註解：（河洛語──國語）

1. 雞仔(ke á) ──雞

2. 鴨仔(ah á) ──鴨

3. 相招(sio chio) ──互邀

4. 貓仔(niau á) ──貓

5. 狗仔(káu á) ──狗

6. 愛綴路(ài tòe lō.) ──老愛跟隨

7. 羊咩仔(iûⁿ me á) ──羊兒

8. 伊(i) ──牠

9. 上勢(siōng gâu) ──最擅長

10. 炁路 (chhōa lō·) ——帶路

11. 踅 (seh) ——繞

12. 尋無 (chhōe bô) ——找不到

13. 街仔路 (ke á lō·) ——街道

㈡活動過程：

1. 家長帶領幼兒熟念「去散步」的兒歌。

2. 家長與幼兒念過後，加入兩人互動之遊戲，下列每一詞語的動作請參考下文內容。

   「雞仔鴨仔相招去散步」

* 「雞仔」：雙手食指尖端相接置於嘴前。

   「鴨仔」：雙手手掌合十平放於嘴前。

   「相招去散步」：雙手握拳於胸前互繞猜拳。

   「貓仔狗仔愛哭愛綴路」

* 猜拳輸者，做假哭動作；贏者，做愉悅狀。

   「羊咩仔講伊上勢炁路」

* 「羊咩仔」：比羊咩咩的動作。「講伊上勢炁路」：同相招去散步的方式。

   「踅來踅去尋無街仔路」

* 輸者，當陀螺被旋轉；贏者，可轉動陀螺。（爸媽牽著幼兒雙手旋轉）

叁、補充參考資料

一、生活會話：

雞卵

阿英：阿明，我問你。

阿明：你欲問什麼？

阿英：先有雞，抑是先有卵？

阿明：……

阿英：當然是先有雞，才有卵。

阿明：是按怎咧？

阿英：咱攏嘛講雞卵、雞卵，有人講卵雞無？

阿明：?!

Ke nn̄g

A eng：A bêng，góa mn̄g lí。

A bêng：Lí beh mn̄g sím mih？

A eng：Seng ū ke，ah sī seng ū nn̄g？

A bêng：……

A eng：Tong jiân sī seng ū ke，chiah ū nn̄g。

A bêng：Sī àn chóaⁿ leh？

A eng：Lán lóng mā kóng ke nn̄g、ke nn̄g，ū lâng kóng nn̄g ke bô？

A bêng：?！

二、參考語詞：（國語──河洛語）

1. 雞──雞(ke)

2. 公雞──雞公(ke kang)
   雞角(ke kak)

3. 母雞──雞母(ke bú)

4. 小雞──雞仔囝(ke á kiá^n)

5. 鴨──鴨(ah)

6. 鵝──鵝(gô, gîa)

7. 鳥──鳥仔(chiáu á)

8. 老鷹──鴟鴞(bā hiȯh; lāi hiȯh)

9. 貓頭鷹──貓頭鳥(niau thâu chiáu)
   鷹仔虎(eng á hó˙)

10. 鴿子──粉鳥(hún chiáu)

11. 鸚鵡──鸚哥鳥(eng ko chiáu)

12. 白鷺鷥──白翎鷥(pȯh lēng si)

13. 蝙蝠──密婆(bit pô)
    夜婆(iā pô)

14. 海鷗──海鳥(hái chiáu)
    海雞母(hái ke bú)

15. 麻雀──粟鳥仔(chhek chiáu á)
    厝鳥仔(chhù chiáu á)

16. 黑面琵鷺──撓杯(lā poe)

17. 九官鳥——駕鸰(ka lēng)

18. 雁——雁(gān)

19. 燕子——燕仔(ìⁿ á)

20. 斑鳩——斑甲(pan kah)

21. 杜鵑——豆仔鳥(tāu á chiáu)

22. 畫眉鳥——花眉仔(hoe bî á)

23. 白頭翁——白頭殼仔(pe̍h thâu khok á)

24. 牛——牛(gû)

25. 羊——羊(iûⁿ)

26. 豬——豬(ti)

27. 馬——馬(bé)

28. 狗——狗(káu)

29. 貓——貓(niau)

30. 兔——兔(thò·)

三、謎語：

1. 樹頂一塊碗，雨來貯儰滿。

   Chhiū téng chi̍t tè oáⁿ, hō· lâi té bē móa。

   （猜動物居所）

   答：鳥岫（鳥巢）

2. 頭尖尾尖，放屎臭薟薟。

   Thâu chiam bóe chiam, pàng sái chhàu hiam hiam。

   （猜一種動物）

答：雞

3. 頭鉤鉤，尾像掃手頭，天欲光，就哭喉。

Thâu kau kau, bóe chhiūⁿ sàu chhiú thâu, thiⁿ beh kng, chiū khàu âu。

（猜一種動物）

答：鵝

4. 四腳兩耳，拍鑼賣豆豉。

Sì kha nn̄g hīⁿ, phah lô bē tāu sīⁿ。

（猜一種動物）

答：羊

四、俗諺：

1. 大猴，嚇雞。

Tōa kâu, háⁿ ke。

（虛張聲勢。）

2. 顧鴨母卵，毋顧豬頭。

Kò͘ ah bú n̄ng, m̄ kò͘ ti thâu。

（注意小事，不顧大事。）

3. 雞嘴，變鴨嘴。

Ke chhùi, piàn ah chhùi。

（開始說話很硬，到後來，卻說不出話來。）

唇頂彼隻貓

4. 雞母毋關，欲拍鵁鴒。

   Ke bú m̄ koaiⁿ, beh phah bā hiȯh。

   （自家不管教，卻移恨他人。）

5. 鴨仔聽雷。

   Ah á thiaⁿ lûi。

   （聽不懂。）

6. 鴨卵較密，也有縫。

   Ah nn̄g khah bȧt, iā ū phāng。

   （無論如何守密，也難防洩漏。）

7. 無毛雞，假大格。

   Bô mô ke, ké tōa keh。

   （自己一無所有，卻要裝氣派。）

8. 十鳥在樹，不如一鳥在手。

   Sȯp niáu chāi chhiū, put jû it niáu chāi chhiú。

   （在手上的東西才是最實在的。）

9. 鳥仔嘴，牛尻川。

   Chiáu á chhùi, gû kha chhng。

   （比喻入少出多。）

10. 死鴨仔，硬嘴杯。

    Sí ah á, ngē chhùi poe。

    （死鴨子嘴硬。）

11. 無牛，駛馬。

Bô gû, sái bé。

(沒有牛，以馬代替。退而求其次暫且代用。)

12. 大狗跙牆，細狗看樣。

Tōa káu peh chhiûⁿ, sè káu khòaⁿ iūⁿ。

(上行下效，小孩子學大人壞榜樣。)

13. 豬毋食，狗毋哺。

Ti m̄ chiàh, káu m̄ pō͘。

(喻很難吃。)

14. 慢牛，厚屎尿。

Bān gû, kāu sái jiō。

(做事慢的人，名堂卻越多。)

15. 牛腸，馬肚。

Gû tn̂g, bé tō͘。

(形容食量大的人。)

五、方言差異：

㈠方音差異

1. 雞公　ke kang／koe kang

2. 未　bōe／bē

3. 月娘　 goeh niû/geh niû

4. 尾　bóe/bé

5. 飛過　poe kòe/pe kè

6. 電火柱　tiān hóe thiāu/tiān hé thiāu

7. 阮　gún/goán

8. 生份人　chheⁿ hūn lâng/chhiⁿ hūn lâng

9. 綴路　tòe lō·/tè lō·

10. 尋　chhōe/chhē

11. 街　ke/koe

㈡語詞差異

1. 歸工　kui kang／歸日　kui jit

六、異用漢字：

1. (kha) 腳／跤

2. (kha chhng) 尻川／尻穿

3. (chhùi) 嘴／喙

4. (teh) 在／塊

5. (chhù) 厝／茨

6. (siōng) 上／尚

7. (gâu) 勢／賢

8. (chhōa) 炁／帶

9. (chhōe) 尋／找／摤／揣

10. (m̄) 母／怀／不／唔

主題二十五
見笑草（植物）

學習重點：

一、用河洛語表達常見的植物名稱。

二、瞭解日常生活與植物的關係。

三、培養愛護花草樹木的情操。

壹、本文

一、菱角
Lêng kak

菱角，菱角，兩支角，
Lêng kak　lêng kak　nñg　ki　kak

假那水牛的頭殼，
ká　ná　chúi　gû　ê　thâu khak

菱角，菱角，親像龜，
lêng kak　lêng kak　chhin chhiūⁿ　ku

愛佇水底洗身軀。
ài　tī　chúi　té　sé　seng　khu

(一)註解：（河洛語──國語）

1. 假那(ká ná) ──好像
2. 頭殼(thâu khak) ──頭
3. 親像(chhin chhiūⁿ) ──很像
4. 愛(ài) ──喜歡
5. 佇(tī) ──在
6. 身軀(seng khu) ──身體

(二)應用範圍：

1. 四歲以上幼兒。
2. 有關植物的單元、方案或活動。

㈢配合活動：

1. 幼兒探索有關荷花、菱角等相關的主題之後，進行以下活動。
2. 教師帶幼兒念「菱角」。
3. 教師帶幼兒到操場，請幼兒想像這是荷花池，大家來分組「坐船採菱角」。
4. 教師準備四、五籃小球，數位教師各自提著籃子站在場地中央，由一位教師喊口令：「荷花長菱角了！」念到「菱角，菱角，親像龜，愛佇水底洗身軀」時，中間的教師便將球散在操場上。
5. 教師將空籃子分送給四組幼兒。
6. 每組幼兒手牽手，由一人提著籃子，站在起點上。
7. 教師喊口令：「採菱角開始」，幼兒手牽手不能分開，分頭去撿球，放進籃子裡。
8. 教師喊：「停」。幼兒站在原點不動，教師分別去計算那一組撿得最多，多的獲勝。

㈣教學資源：

小氣球若干、四個籃子

㈤相關學習：

大肌肉動作、認知、社會情緒、語言溝通

二、花芳啊
Hoe phang a

玉蘭花講：因為露水滴，所
Giòk lân hoe kóng In ūi lō· chúi tih só·
以我芳啊。
í góa phang a

茉莉花講：因為日頭出，所
Bàk nī hoe kóng In ūi jit thâu chhut só·
以我芳啊。
í góa pang a

夜來香講：因為夜來啊，所
Iā lâi hiong kóng In ūi iā lâi a só·
以我芳啊。
í góa phang a

所有的白花講：因為你來
Só· ū ê pèh hoe kóng In ūi lí lâi
啊，所以我芳啊。
a só· í góa phang a

小寶講：因為恁真芳，所以
Sió pó kóng In ūi lín chin phang só· í
我來啊。
góa lâi a

(一)註解：（河洛語──國語）

　1. 芳(phang)──香

2. 日頭(jit thâu) ──太陽

3. 恁(lín) ──你們

㈡應用範圍：

1. 四歲以上幼兒。

2. 有關花的單元、方案或活動。

㈢配合活動：

1. 幼兒探索相關的主題，如參觀花店，並認識常見的花，花的香氣、名稱等，收集常見的花，佈置在教室裡。

2. 教師預備常見的花香料，請幼兒嗅到後用河洛語說出是那種花，並指出那種花（或藏起來請幼兒尋找）。

3. 帶幼兒畫「花芳啊」。

4. 老師接著問：「因為露水滴，所以我芳啊」，是誰講的？幼兒回答：「玉蘭花講」。以此類推，練習文中詞句，可以不按文中順序。

5. 反過來練習，老師問：「玉蘭花講什麼？」幼兒回答：「因為露水滴，所以我芳啊。」以此類推，可不按文中順序來問。

6. 再念一次「花芳啊」。

㈣教學資源：

玉蘭花、茉莉花、夜來香及其他花朵數朵、花香料

㈤相關學習：

語言溝通、認知、身體與感官

三、草 仔
Chháu á

風 眞 大 ， 雨 眞 粗 ，
Hong chin tōa hō· chin chho·

一 陣 陣 ， 落 佇 草 仔 埔 。
chit chūn chūn loh tī chháu á po·

草 仔 欉 ， 眞 幼 枝 ，
Chháu á châng chin iù ki

予 風 吹 東 又 吹 西 ，
hō· hong chhoe tang iū chhoe sai

毋 驚 風 ， 毋 驚 雨 。
m̄ kiaⁿ hong m̄ kiaⁿ hō·

風 會 過 ， 雨 會 停 ，
Hong ē kòe hō· ē thêng

草 仔 倚 甲 挺 挺 挺 。
chháu á khiā kah thêng thêng thêng

(一)註解：（河洛語——國語）

1. 落佇(loh tī) ——下在

2. 草仔埔(chháu á po·) ——草地上

3. 草仔欉(chháu á châng) ——小草們

4. 幼枝(iù ki) ——幼嫩

5. 予(hō·) ——被

6. 毋驚(m̄ kiaⁿ) ——不怕

7. 倚甲(khiā kah) ——站得

㈡應用範圍：

1. 四歲以上幼兒。
2. 有關植物的單元、方案或活動。

㈢配合活動：

幼兒探索過相關的主題後，進行以下活動：

1. 幼兒任意站著，聽教師的口令做動作。教師說：每位小朋友都是一棵小草，長在土裡不能動。
2. 教師說：「微風來了」，幼兒要輕輕的搖動身體，如果幼兒不知道應該搖動身體，教師便要提示：風來了，草會怎麼樣？
3. 教師隨時變化口令「微風」，「大風」「颱風」，請幼兒變化身體的動作，教師說「風停了」，幼兒就站直。
4. 教師帶幼兒念「草仔」。
5. 討論分享大風、小風、颱風的變化，身體各部位的感覺。

㈣教學資源：

風吹草動的影帶、風景畫

㈤相關學習：

身體感覺、語言溝通、認知、社會

四、蘭花
Lân　hoe

蘭　花　芳，
Lân　hoe　phang

蘭　花　媠，
lân　hoe　súi

蘭　花　哪　會　芳　閣　媠，
lân　hoe　ná　ē　phang　koh　súi

我　逐　日　在　唱　歌　沃　水。
góa　tak　jit　teh　chhiùⁿ　koa　ak　chúi

㈠註解：（河洛語──國語）

1. 芳(phang) ──香

2. 媠(súi) ──美麗

3. 哪會(ná ē) ──怎麼會

4. 閣(koh) ──又

5. 逐日(tak jit) ──每天

6. 沃水(ak chúi) ──澆水

㈡應用範圍：

1. 四歲以上幼兒。

2. 關於植物的單元、方案或活動。

㈢配合活動：

1. 幼兒在探索過蘭花後，教師帶領幼兒念「蘭花」。
2. 教師以鈴鼓拍出不同的節奏，幼兒一面聽節奏，一面念著「蘭花」。
3. 當幼兒念完「蘭花芳，蘭花嬌」時，教師用河洛語說「蘭花、蘭花兩朵開」幼兒便兩人圍成一組，或「三朵開」，幼兒三人圍成一組、「四朵開」幼兒四人圍成一組。
4. 教師邊奏邊接著念：「我逐日在唱歌沃水」，每組幼兒各自手拉手，展開身體表示花開，或各組自行做花的集體造型。
5. 將「蘭花」改為幼兒建議的花或草，進行上述活動。

㈣教學資源：

蘭花或蘭花圖片、鈴鼓或其他節奏樂器、響板、鼓

㈤相關學習：

節奏、肢體動作、語言溝通、社會情緒、認知

五、花
Hoe

花 園 內 花 眞 濟
Hoe hn̂g lāi hoe chin chē

春 天 到 開 齊 齊
chhun thiⁿ kàu khui chê chê

玫 瑰 花 眞 高 貴
Mûi kùi hoe chin ko kùi

誠 可 惜 伊 有 刺
chiâⁿ khó sioh i ū chhì

白 茉 莉 軟 細 蕊
pėh bảk nī khah sè lúi

清 芳 味 我 合 意
chheng phang bī góa kah ì

滿 山 紅 歸 山 坪
Móa soaⁿ âng kui soaⁿ phiâⁿ

紅 的 粉 的 攏 眞 婿
âng ê hún ê lóng chin súi

猶 毋 閣 爸 爸 講
iáu m̄ koh pa pa kóng

上 界 婿 是 我 的 乖 女 兒
siōng kài súi sī góa ê koai lú jî

㈠註解：（河洛語──國語）

1. 眞濟(chin chē) ──很多
2. 誠(chiâⁿ) ──非常；很
3. 伊(i) ──它
4. 細蕊(sè lúi) ──小朵
5. 清芳(chheng phang) ──清香
6. 合意(kah ì) ──喜歡
7. 滿山紅(móa soaⁿ âng) ──杜鵑花
8. 歸山坪(kui soaⁿ phiâⁿ) ──滿山坡
9. 粉的(hún ê) ──粉紅的
10. 攏眞媠(lóng chin súi) ──都很漂亮
11. 猶毋閣(iáu m̄ koh) ──只不過
12. 上界(siōng kài) ──最

㈡應用範圍：

1. 五歲以上幼兒。
2. 配合關於植物的單元或主題。
3. 相關於花的觀察探索活動。

㈢配合活動：

幼兒探索過相關的主題後，進行以下活動：

1. 將幼兒分爲三、四組。

2. 教師當樂隊指揮，用河洛語念出不同花的名稱來玩完成語句的遊戲。如：教師指向一組，這組幼兒就念「玫瑰花開」，同時其他幼兒接「真高貴」；指向另一組，這一組念「茉莉花開」，其他幼兒念「清芳味」；再指向一組，這組幼兒念「乖女兒」，其他幼兒念「上界婿」。

3. 教師指揮速度加快，幼兒對應不能錯亂，完全正確的是贏家，此時教師及其他幼兒對這組說：「上界婿的就是你」。

4. 討論分享被稱讚的感覺和稱讚別人的感覺。

㈣教學資源：

呈現花盛開的公園圖片、幻燈或錄影帶

㈤相關學習：

身體感覺與情緒、語言溝通

六、玉 蘭 花、玫 瑰 花
Giȯk lân hoe mûi kùi hoe

大　姐　種　玫　瑰　花　，
Tōa　ché　chèng　mûi　kùi　hoe

二　姐　種　玉　蘭　花　，
jī　ché　chèng　giȯk　lân　hoe

玫　瑰　花　紅　紅　紅　，
mûi　kùi　hoe　âng　âng　âng

開　甲　媠　噹　噹　，
khui　kah　súi　tang　tang

玉　蘭　花　芳　芳　芳　，
giȯk　lân　hoe　phang　phang　phang

阮　兜　芳　咧　幾　若　工　。
gún　tau　phang　leh　kúi　nā　kang

(一)註解：（河洛語──國語）

1. 開甲(khui kah) ──開得

2. 媠噹噹(súi tang tang) ──漂亮極了

3. 芳(phang) ──香

4. 阮兜(gún tau) ──我家

5. 芳咧(phang leh) ──香了

6. 幾若工(kúi nā kang) ──好幾天

㈡應用範圍：

1. 四歲以上幼兒。
2. 有關花的單元、方案或活動。

㈢配合活動：

1. 幼兒探索過相關的主題，過程中分享及討論各種花的氣味、特徵。教幼兒念「玉蘭花、玫瑰花」。
2. 請幼兒將採集的花，選擇自己喜愛的花種，做成花瓣構圖或自行設計一幅畫。教師可提示，譬如，告訴幼兒可以加上人物、景物，並讓他們知道花和葉、根都可以任意使用。
3. 展示作品，分享和介紹自己的作品。
4. 教師帶幼兒再念誦「玉蘭花、玫瑰花」。

㈣教學資源：

收集各種花、繪畫工具與材料

㈤相關學習：

創造、語言溝通

貳、親子篇

見 笑 草
Kiàn siàu chháu

見 笑 草， 見 笑 草，
Kiàn siàu chháu kiàn siàu chháu

你 哪 赫 呢 驚 見 笑，
lí ná hiah niʰ kiaⁿ kiàn siàu

人 磕 著， 頭 就 鉤。
lâng khap tiȯh khâu chiū kau

見 笑 草， 見 笑 草，
Kiàn siàu chháu kiàn siàu chháu

你 哪 赫 呢 驚 見 笑，
lí ná hiah niʰ kiaⁿ kiàn siàu

人 倚 去， 面 就 紅。
lâng oá khì bīn chiū âng

小 朋 友， 小 朋 友，
Sió pêng iú sió pêng iú

人 我 毋 是 驚 見 笑，
lâng góa m̄ sī kiaⁿ kiàn siàu

人 我 是、 人 我 是
lâng góa sī lâng góa sī

嘻 嘻 ——
hi hi

眞　驚　癢　。
chin　kiaⁿ　ngiau

㈠註解：（河洛語──國語）

1. 見笑草(kiàn siàu chháu) ──含羞草
2. 哪(ná) ──爲什麼
3. 赫呢(hiah nih) ──那麼
4. 驚(kiaⁿ) ──怕
5. 見笑(kiàn siàu) ──害羞
6. 磕著(khap tioh) ──碰到
7. 鉤(kau) ──低下去
8. 倚去(oá khì) ──靠過去
9. 毋是(m̄ sī) ──不是
10. 眞驚(chin kiaⁿ) ──很怕

㈡活動過程：

1. 親子假日野外踏青或逛花市告訴幼兒那種草是「見笑草」，請幼兒觀察、觸摸。
2. 回家後和幼兒念「見笑草」。
3. 親子談談身上那裡最怕癢。並相互觸摸，試試那裡最怕癢。
4. 請兄弟姊妹加入，使全家人笑成一團。
* 互動中，父母不要不斷的搔幼兒，亦即不要佔優勢，也要讓幼兒能搔到父母。

叁、補充參考資料

一、生活會話：

滿山紅

阿蓮：阮兜有一欉木瓜樹。

阿忠：會生木瓜繪？

阿蓮：當然嘛會。

阿忠：阮兜有種花。

阿蓮：種什麼款花？

阿忠：玫瑰花、鼓吹花、茶花、滿山紅。

阿蓮：滿山紅是什麼花？

阿忠：滿山紅就是杜鵑花啦！

Móa soaⁿ âng

A liân：Gún tau ū chı̍t châng bo̍k koe chhiū。

A tiong：Ē seⁿ bo̍k koe bē？

A liân：Tong jiân mā ē。

A tiong：Gún tau ū chèng hoe。

A liân：Chèng sím mih khoán hoe？

A tiong：Mûi kùi hoe、kó͘ chhoe hoe、tê hoe、móa soaⁿ âng。

A liân：Móa soaⁿ âng sī sím mih hoe？

A tiong：Môa soaⁿ âng chiū sī tō· koan hoe lah！

二、參考語詞：（國語──河洛語）

1. 樹木──樹仔(chhiū á)

2. 樹林──樹林(chhiū nâ)

3. 樹幹──樹身(chhiū sin)

4. 樹枝──樹椏；樹枝(chhiū oe; chhiū ki)

5. 樹葉──樹葉(chhiū hio̍h)

6. 樹梢──樹尾溜(chhiū bóe liu)

7. 樹根──樹根(chhiū kin)

8. 桉樹──油加里(iû ka lí)

9. 檳榔樹──菁仔欉；檳榔樹(chhiⁿ á châng；pin nn̂g chhiū)

10. 榕樹──榕樹(chhêng chhiū)

11. 桑樹──桑材仔樹；娘仔樹(sng châi á chhiū; niû á chhiū)

12. 楓樹──楓仔樹(png á chhiū)

13. 竹子──竹仔(tek á)

14. 椰子樹──椰子樹(iâ chí chhiū)

15. 果樹──果子樹(kóe chí chhiū)

16. 番石榴樹──柭仔樹(pa̍t á chhiū)

17. 松柏──松柏仔(chhêng peh á)

18. 鐵樹──鐵樹(thih chhiū)

19. 木棉──木棉(bo̍k mî)

20. 桐樹──油桐(iû tông)

21. 花──花(hoe)

22. 花苗──花栽(hoe chai)

23. 花蕊──花心(hoe sim)

24. 花朵──花蕊(hoe lúi)

25. 蓓蕾──花莓(hoe m̂)

26. 花叢──花欉(hoe châng)

27. 杜鵑花──滿山紅；杜鵑花(móa soaⁿ âng; tō͘ koan hoe)

28. 牽牛花──牽牛花；碗公花(khan gû hoe; oáⁿ kong hoe)

29. 曇花──瓊花(khêng hoe)

30. 梅花──梅花(mûi hoe)

31. 櫻花──櫻花(eng hoe)

32. 蘭花──蘭花(lân hoe)

33. 菊花──菊花(kiok hoe)

34. 水仙花──水仙花(chúi sian hoe)

35. 牡丹花──牡丹花(bō͘ tan hoe)

36. 茉莉花──茉莉花(ba̍k nī hoe)

37. 荷花──蓮花(liân hoe)

38. 玫瑰花──玫瑰花(mûi kùi hoe)

39. 茶花──茶花(tê hoe)

40. 草──草(chháu)

41. 林投──林投(nâ tâu)

42. 艾草──艾草；抹草(hiāⁿ chháu; boah chháu)

43. 浮萍──浮藻(phû phiô)

44. 草地──草埔仔(chháu po͘ á)

45. 草皮──草疕(chháu phí)

三、謎語：

1. 有根無枝，有葉無子，風吹四界去，日曝閣繪死。

   Ū kin bô ki, ū hiòh bô chí, hong chhoe sì kòe khì, jit phảk koh bē sí。

   （猜一種植物）

   答：浮藻（浮萍）

2. 靑皮白腹，擘開空殼。

   Chhe[n] phôe pèh pak, peh khui khang khak。

   （猜一種植物）

   答：竹仔（竹子）

3. 頭鬚鬚，身賬賬，一嘴食，一嘴吐。

   Thâu chhiu chhiu, sin lò lò, chit chhùi chiah, chit chhùi thò·。

   （猜一種植物）

   答：甘蔗

4. 一項物仔巧巧巧，食一粒米，飽飽飽。

   Chit hāng mih á khiáu khiáu khiáu, chiah chit liap bí, pá pá pá。

   （猜農作物一種）

   答：粟仔（稻穀）

四、俗諺：

1. 一枝搖，百葉動。

   Chi̍t ki iô, pah hio̍h tāng。

   （牽一髮而動全身。）

2. 樹身徛得在，毋驚樹尾做風颱。

   Chhiū sin khiā tit chāi, m̄ kiaⁿ chhiū bóe chò hong thai。

   （立身正，問心無愧，不怕他人誹謗。）

3. 大樹，會蔭影。

   Tōa chhiū, ē ìm iáⁿ。

   （樹大，影大，會蔭人，富有之人，易施恩澤。）

4. 樹尾，無風袂搖。

   Chhiū bóe, bô hong bē iô。

   （事出必有其因。）

5. 樹高，較受風。

   Chhiū koân, khah siū hong。

   （樹高，易受風吹。地位愈高，易受他人妒忌或批評。）

6. 紅花袂芳，芳花袂紅。

   Aⁿg hoe bē phang, phang hoe bē âng。

   （鮮豔的花不一定會香，清香的花不一定鮮豔。）

7. 大紅花毋知穤，圓仔花穤毋知。

   Tōa âng hoe m̄ chai bái, îⁿ á hoe bái m̄ chai。

   （譏人不知自己醜。）

8. 草枝，有時會挃倒人。

Chháu ki, ū sî ē ke^n tó lâng。

(雖是小小的草枝，有時也會絆倒人。謂不可輕視對方。)

9. 斬竹，遮筍。

Chām tek, jiā sún。

(砍竹來遮筍，為迎新而棄舊。)

10. 食果子，著拜樹頭。

Chiah kóe chí, tioh pài chhiū thâu。

(知恩報本，飲水思源之意。)

11. 用林投葉，拭尻川。

Eng nâ tâu hioh chhit kha chhng。

(把事情越弄越壞。)

12. 家己栽一欉，較贏看別人。

Ka kī chai chit châng, khah iâ^n khòa^n pat lâng。

(靠自己，就無需靠別人。)

13. 賣茶講茶芳，賣花講花紅。

Bē tê kóng tê phang, bē hoe kóng hoe âng。

(自己誇自己的好。)

五、方言差異：

㈠方音差異

1. 水底　chúi té/chúi tóe
2. 洗身軀　sé seng khu/sóe seng khu
3. 吹　chhoe/chhe
4. 過　kòe/kè
5. 濟　chē/chōe
6. 整齊　chéng chê/chéng chôe
7. 細蕊　sè lúi/sòe lúi
8. 大姊　tōa ché/tōa chí
9. 阮　gún/goán

㈡語詞差異

1. 滿山紅　móa soaⁿ âng／杜鵑花　tō· koan hoe
2. 逐日　ta̍k ji̍t／逐工　ta̍k kang
3. 見笑草　kiàn siàu chháu／畏癢草　ùi ngiau chháu

六、異用漢字：

1. (ê) 的／兮／个
2. (tī) 佇／在／置
3. (hō·) 予／互
4. (m̄) 毋／吥／唔／不
5. (khiā) 徛／豎／站
6. (súi) 婿／媠／水／美
7. (teh) 在／塊

8. (siōng kài) 上界／上蓋／尙界
9. (lâng) 人／儂／農
10. (oá) 倚／偎
11. (ngiau) 癢／撓／搔

主題二十六
溪水會唱歌（環境保育）

學習重點：

一、用河洛語表達環保相關的概念。

二、認識各種污染對環境的影響。

三、會將廢物再利用，懂得珍惜資源之重要。

壹、本文

一、為什麼
Ūi sím mih

黃 昏 時 滿 天 邊
Hông hun sî móa thiⁿ piⁿ

咻 咻 咻
hiu hiu hiu

親 像 直 升 機 在 飛 的 田 嬰
Chhin chhiūⁿ tit seng ki teh pe ê chhân iⁿ

無 看 見 啊
bô khòaⁿ kìⁿ a

為 什 麼 為 什 麼
ūi sím mih ūi sím mih

下 暗 時 滿 田 邊
Ē àm sî móa chhân piⁿ

嘓 嘓 嘓
kok kok kok

親 像 牽 風 櫃 在 哮 的 水 雞
chhin chhiūⁿ khan hong kūi teh háu ê súi koe

無 看 見 啊
bô khòaⁿ kìⁿ a

為 什 麼 為 什 麼
ūi sím mih ūi sím mih

半　暝　時　滿　溪　邊
Pòaⁿ　mî　sî　móa　khoe　piⁿ

閃　閃　熠　熠
siám　siám　sih　sih

親　像　天　星　的　火　金　姑
chhin　chhiūⁿ　thiⁿ　chhiⁿ　ê　hé　kim　ko͘

無　看　見　啊
bô　khòaⁿ　kìⁿ　a

爲　什　麼　爲　什　麼
ūi　sím　mih　ūi　sím　mih

我　聽　著　我　聽　著
Góa　thiaⁿ　tiòh　góa　thiaⁿ　tiòh

田　蠳　佇　咧　哭
chhân　iⁿ　tī　leh　khàu

我　聽　著　我　聽　著
góa　thiaⁿ　tiòh　góa　thiaⁿ　tiòh

水　雞　佇　咧　哮
súi　koe　tī　leh　háu

我　看　著　我　看　著
góa　khòaⁿ　tiòh　góa　khòaⁿ　tiòh

火　金　姑　目　屎　佇　咧　流
hé　kim　ko͘　bák　sái　tī　leh　lâu

(一)註解：（河洛語──國語）

1. 滿 (móa) ──整個

2. 親像(chhin chhiūⁿ) ——好像

3. 田嬰(chhân iⁿ) ——蜻蜓

4. 無看見(bô khòaⁿ kìⁿ) ——没看見

5. 下暗時(ē àm sî) ——晚上的時候

6. 哮(háu) ——叫

7. 水雞(súi koe) ——青蛙

8. 半暝(pòaⁿ mî) ——半夜

9. 閃閃熠熠(siám siám sih sih) ——閃閃亮亮

10. 火金姑(hé kim ko·) ——螢火蟲

11. 聽著(thiaⁿ tioh) ——聽到

12. 佇咧(tī leh) ——在

13. 看著(khòaⁿ tioh) ——看到

14. 目屎(bak sái) ——眼淚

㈡應用範圍：

1. 六歲幼兒。

2. 有關自然生態的方案或單元。

㈢配合活動：

1. 教師引導幼兒回想在郊外或公園裡看過那些昆蟲和小動物，舉例如：夏天的蟬，蜻蜓，水裡的蝌蚪和青蛙，任由幼兒從生活經驗中列舉。

2. 教師提供幼兒相關的圖畫書。

3. 幼兒閱讀書之後，分享討論這些小動物和昆蟲的生活環境，離開這些環境它們會怎麼樣？

4. 教師提供假設：假如環境改變了，請幼兒想像、創造一個故事。

5. 請幼兒共同繪製連環畫，將故事一段一段畫下來，講給別人聽。

6. 教師帶幼兒念誦「為什麼」。

7. 請幼兒比喻各種小動物及昆蟲像什麼，教師接受所有的比喻和幼兒一起分享。

8. 教師請幼兒將自己看過的小動物及昆蟲加上比喻，套用到本詩文中朗誦。

㈣教學資源：

圖畫書、彩畫用具及畫紙

㈤相關學習：

語言溝通、認知、創造

二、白翎鷥
Pe̍h lēng si

白 翎 鷥 ， 叨 位 去 ？
Pe̍h lēng si tó ūi khì

聽 人 講 你 擔 畚 箕 ，
Thiaⁿ lâng kóng lí taⁿ pùn ki

又 閣 聽 人 講 你 抾 著 兩 仙
iū koh thiaⁿ lâng kóng lí khioh tio̍h nn̄g sián

錢 ，
chîⁿ

飛 去 外 國 欲 買 魚 。
poe khì gōa kok beh bé hî

白 翎 鷥 ，
Pe̍h lēng si

我 想 你 。
góa siūⁿ lí

(一)註解：（河洛語──國語）

1. 白翎鷥(pe̍h lēng si) ──白鷺鷥

2. 叨位(tó ūi) ──哪裏

3. 又閣(iū koh) ──又再

4. 抾著(khioh tio̍h) ──撿到

5. 兩仙錢(nn̄g sián chîⁿ) ──兩個錢

6. 欲(beh) ──要

㈡應用範圍：

1. 五歲以上幼兒。
2. 有關植物、鳥類的單元、方案或活動。

㈢配合活動：

1. 老師準備本文的錄音帶，當音樂開始小朋友扮演小鳥自由飛翔。
2. 當音樂停止小朋友就跳到呼啦圈內（每位小朋友有一個呼啦圈）扮演著白鷺鷥的站姿。
3. 重複2.的遊戲約二、三次即以搶板凳的遊戲方式，逐次遞減呼啦圈的數量、未佔有呼啦圈者即出局。
4. 師生共同使用樂器（響板、鈴鼓），一邊拍節奏，一邊以河洛語念「白翎鷥」。
5. 分享討論：沒有佔到位子的感覺是什麼？白鷺鷥在台灣無處棲身該怎麼辦？你的感覺如何？

㈣教學資源：

呼啦圈、錄音帶、錄音機、樂器

㈤相關學習：

音律及身體、感覺、社會情緒

三、糞埽車
Pùn　sò　chhia

人 人 叫 我 糞 埽 車，
Lâng lâng kiò góa pùn sò chhia

街 頭 巷 尾 四 界 行，
ke thâu hāng bóe sì kòe kiân

叮 叮 噹 噹 愛 唱 歌，
tin tin tong tiong ài chhiùn koa

腹 肚 大 大 嘴 潤 潤，
pak tó· tōa tōa chhùi khoah khoah

糞 埽 是 我 上 愛 食。
pùn sò sī góa siōng ài chiah

㈠註解：（河洛語——國語）

1. 糞埽(pùn sò) ——垃圾

2. 四界行(sì kòe kiân) ——到處走

3. 腹肚(pak tó·) ——肚子

4. 上愛(siōng ài) ——最喜歡

㈡應用範圍：

1. 四歲以上幼兒。

2. 有關環境衛生的單元、方案或活動。

3. 有關日常生活教育的活動。

㈢配合活動：

1. 將各類廢物（如塑膠瓶、玻璃瓶、紙盒等）依參與小朋友之人數調整數量置於中間的大呼啦圈內。

2. 在大呼啦圈外設三、四個小呼啦圈做為資源回收小站。並標示站名如紙類、鋁罐類、玻璃類、塑膠類。

3. 當遊戲一開始老師以河洛語帶領幼兒念「糞埽車」之後播放音樂，音樂開始請幼兒將大呼啦圈裡的物品迅速分類放置到正確的小呼啦圈內。

4. 音樂停止時幼兒停止動作。教師以音樂的長短控制時間，音樂停止尚未分類完畢的算輸家。

5. 重覆遊戲。一起念「糞埽車」。

㈣教學資源：

各類廢物、大小呼啦圈、資源站標示牌、音樂帶、錄音機

㈤相關學習：

認知（分類）及社會情緒

四、樹仔無看見
Chhiū á bô khòaⁿ kìⁿ

彼 欉 大 欉 樹 仔，
Hit châng tōa châng chhiū a

親 像 變 魔 術，
chhin chhiūⁿ piàn mô͘ su̍t

過 一 暝，就 無 去，
kòe chi̍t mê chiū bô khì

透 早，厝 角 鳥 仔 吱 吱 啾 啾，
thàu chá chhù kak chiáu á chi chi chiu chiu

較 晏，白 頭 殼 仔 宣 告 講，
khah oàⁿ pe̍h thâu khok á soan kò kóng

咱 著 愛 搬 厝。
lán tio̍h ài poaⁿ chhù

因 爲 遮，人 欲 起 厝。
In ūi chia lâng beh khí chhù

(一)註解：（河洛語──國語）

1. 樹仔(chhiū á) ──樹

2. 彼欉(hit châng) ──那棵

3. 親像(chhin chhiūⁿ) ──好像

4. 一暝(chit mê) ──一夜

5. 無去(bô khì) ──不見了

6. 透早(thàu chá) ──一大早

7. 厝角鳥仔(chhù kak chiáu á) ──麻雀

8. 較晏(khah oà^n) ——晚一點

9. 白頭殼仔(péh thâu khok á) ——白頭翁

10. 咱(lán) ——我們

11. 愛(ài) ——要

12. 搬厝(poà^n chhù) ——搬家

13. 遮(chia) ——這裏

14. 起厝(khí chhù) ——蓋房子

㈡應用範圍:

1. 四歲以上幼兒。

2. 關於植物、動物等相關的單元、方案或活動。

3. 有關環境保育的活動。

㈢配合活動:

1. 教師以「樹仔無看見」中的情境引導幼兒,由幼兒自編故事。
   並以河洛語介紹其中的角色、名稱。

2. 幼兒設計故事及其情境。

3. 幼兒分配角色及分工製作道具。

4. 由師生一起扮演。

5. 討論分享:每個角色說出自己的感受,對於大樹被砍伐的感
   覺等。

㈣**教學資源**：

　各種角色道具、情境佈置所需之廢物紙、布、及顏料等

㈤**相關學習**：

　創造、表現及認知、社會情緒、音律、身體與感覺等

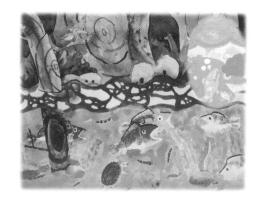

五、溪仔水
Khe　á　chúi

溪　仔　水　，　烏　閣　濁　，
Khe　á　chúi　　o͘　koh　lô

魚　仔　蝦　仔　毋　敢　來　迌　迌　。
hî　á　hê　á　m̄　káⁿ　lâi　chhit　thô

溪　仔　水　，　清　清　清　，
Khe　á　chúi　　chheng chheng chheng

魚　仔　蝦　仔　上　愛　蹛　的　大　房
hî　á　hê　á　siōng　ài　tòa　ê　tōa　pâng

間　。
keng

㈠註解：（河洛語──國語）

1. 溪仔水(khe á chúi) ──小溪流
2. 烏(o͘) ──黑
3. 閣(koh) ──又
4. 魚仔(hî á) ──魚
5. 蝦仔(hê á) ──蝦子
6. 毋敢(m̄ káⁿ) ──不敢
7. 迌迌(chhit thô) ──遊玩
8. 上(siōng) ──最
9. 蹛(tòa) ──住

㈡應用範圍：

1. 四歲以上幼兒。
2. 有關動物、食物、水的單元、方案或活動。

㈢配合活動：

1. 幼兒探索過相關主題後，老師準備二條滑溜布，藍色滑溜布代表清淨的河流，黑色滑溜布，代表污染的河流。

2. 老師先揮動藍色滑溜布，在軟墊呈20°斜坡掛置，小朋友當魚兒，自由的在滑溜布由上往下滾動。

3. 教師再揮動黑色滑溜布，小朋友當魚兒，自由的在鋪平的滑溜布下游動。

4. 教師扮演「黑色小精靈」(表示污水)，小朋友在河流中 (藍色滑溜布上) 游動，凡被污水小精靈碰到者即出局，送到黑色河流中。

5. 遊戲進行中，黑色小精靈，以河洛語念出「溪仔水、烏閣濁……大房間」當念完時，即抓一人出局。

6. 重複5.的遊戲，大家一邊遊戲一邊念，讓小朋友朗朗上口。

7. 幼兒發表：⑴在不同的滑溜布上的感覺。
　　　　　　⑵對兩種顏色的喜愛和感覺。
　　　　　　⑶對黑色小精靈的感覺如何？被捉到送出去的感覺如何？

㈣**教學資源**：

1. 黑色、淺藍色滑溜布各一條。
2. 黑色小精靈道具（如：黑披風、黑手套、黑滑溜布…等）。

㈤**相關學習**：

身體與感覺、社會情緒、音律、創造

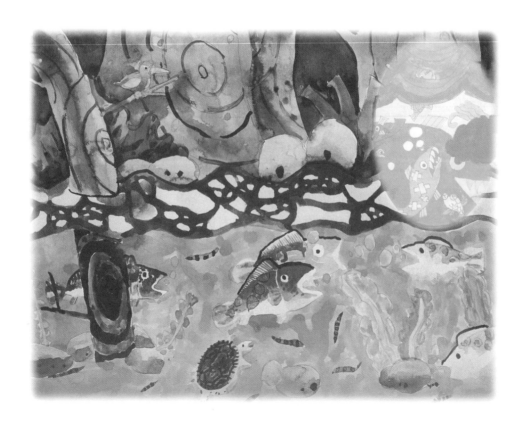

六、我 哪 攏 毋 捌
Góa ná lóng m̄ bat

雁 鴨 仔？我 毋 捌！
Gān ah á góa m̄ bat

撓 杯？我 嘛 是 毋 捌！
Lā poe góa mā sī m̄ bat

水 筆 仔？我 毋 捌！
Chúi pit á góa m̄ bat

鯪 鯉 仔？我 猶 原 毋 捌！
Lâ lí á góa iû goân m̄ bat

是 按 怎？是 按 怎？
Sī àn chóaⁿ sī àn chóaⁿ

我 哪 攏 毋 捌。
góa ná lóng m̄ bat

是 啥 人？是 啥 人？
Sī siáⁿ lâng sī siáⁿ lâng

害 我 攏 毋 捌。
Hāi góa lóng m̄ bat

(一)**註解：**（河洛語——國語）

1. 哪(ná) ——爲什麼

2. 攏毋捌(lóng m̄ bat) ——都不認得

3. 雁鴨仔(gān ah á) ——雁鴨

4. 撓杯(lā poe) ——黑面琵鷺

5. 嘛(mā) ——也

6. 鯪鯉仔(lâ lí á) ——穿山甲

7. 猶原(iû goân) ——還是

8. 按怎(àn chóa^n) ——怎樣？爲什麼

9. 啥人(siá^n lâng) ——誰

㈡應用範圍：

1. 六歲幼兒。

2. 有關鳥類、植物等相關的單元或方案。

㈢配合活動：

有關環境保育的單元、方案或活動。

幼兒探索相關主題之後，進行以下活動：

1. 老師準備六種動植物頭套，介紹時老師以河洛語念其名稱。

2. 請一小朋友帶頭套，扮演雁鴨，追逐其他小朋友，當雁鴨快抓到小朋友時，小朋友即喊出「我毋捌」並快速蹲下，如果未說出「我毋捌」或蹲下即予出局。

3. 另請一小朋友扮演「鯪鯉仔」，以此類推，遊戲方式如同第2.項說明。幼兒出局後，輪流戴頭套。

4. 共同討論爲何「我毋捌」，老師配合討論的內容，適時念出「我哪攏毋捌」。

5. 師生共同以一問一答的方式念誦這首詩歌。

6. 大家一起念誦「我哪攏毋捌」。

㈣教學資源：

四種動植物頭套

㈤相關學習：

大肌肉運動、音律、認知、社會情緒

貳、親子篇

溪 水
Khe　chúi

溪　水　溪　水　嘩　啦　嘩　啦，
Khe　chúi　khe　chúi　hoa　la　hoa　la

溪　水　溪　水　會　唱　歌，
khe　chúi　khe　chúi　ē　chhiùⁿ　koa

溪　水　閣　會　共　我　洗　手、洗　脚。
khe　chúi　koh　ē　kā　góa　sé　chhiú　sé　kha

㈠註解：（河洛語──國語）

1. 閣會(koh ē) ──又會
2. 共我(kā góa) ──替我

㈡活動過程：

1. 父母親與子女分享過去假日生活中水邊的活動、或電視影片中的見聞，談談對水的喜愛、感覺。
2. 就寢前父母和幼兒在床邊做遊戲，教幼兒念童詩。
   ⑴父母和幼兒雙手拉著床單或被單邊緣，上下舞動，口念：
   「溪水溪水嘩啦啦，溪水溪水會唱歌」（或兩人手拉手對坐

　　前後左右搖擺，念誦)。

⑵將床單放下，親子腳對腳躺下，腳掌對腳掌做出踩車輪的動
　作，念「溪水共我洗腳」。

叁、補充參考資料

一、生活會話：

糞埽

叮叮、噹噹⋯⋯

阿美：媽媽，彼是什麼聲？

媽媽：彼是糞埽車的聲，媽媽來去倒糞埽。

阿美：按怎有兩包咧？

媽媽：這包是會使燒的。

阿美：猶這包咧？

媽媽：這包是獪使燒的。

阿美：按怎即麻煩？

媽媽：毋是麻煩，是爲著咱的健康。

Pùn sò

Tin tin、tong tong⋯⋯

A bí：Ma ma，he sī sím mih sia^n？

Ma ma：He sī pùn sò chhia ê sia^n，ma ma lâi khì tò pùn
    sò。

A bí：Aǹ chóa^n ū nn̄g pau leh？

Ma ma：Chit pau sī ē sái sio ê。

A bí：Iáu chit pau leh？

Ma ma：Chit pau sī bē sái sio ê。

A bí： Aⁿ chóaⁿ chiah mâ hoân？

Ma ma：M̄ sī mâ hoân，sī ūi tioh lán ê kiān khong。

二、參考語詞：（國語──河洛語）

1. 環保──環保(khoân pó)

2. 廢棄物──廢棄物(hòe khì but)

3. 污染──污染(u jiám)

4. 污水──污水(u chúi)

5. 廢五金──廢五金(hòe ngó͘ kim)

6. 焚化爐──焚化爐(hûn hòa lô͘)

7. 垃圾──糞埽(pùn sò)

8. 公害──公害(kong hāi)

9. 垃圾車──糞埽車(pùn sò chhia)

10. 環境──環境(khoân kéng)

11. 衛生──衛生(ōe seng)

12. 下水道──下水道(hā chúi tō)

13. 垃圾桶──糞埽桶(pùn sò tháng)

14. 塑膠袋──塑膠袋仔(sok ka tē á)

15. 回收──回收(hôe siu)

16. 再生紙──再生紙(chài seng chóa)

17. 資源──資源(chu goân)

18. 破銅爛鐵──歹銅舊錫(pháiⁿ tâng kū siah)

19. 輪胎──輪胎；車輦(lûn thai; chhia lián)

20. 針筒──注射筒(chù siā tâng)
21. 電纜──電纜(tiān lám)
22. 保麗龍──pho lé lóng（外來語）
23. 可燃──會使燒的(ē sái sio ê)
24. 不可燃──袂使燒的(bē sái sio ê)
25. 流浪犬──流浪狗(liû lōng káu)
26. 二手煙──二手薰(jī chhiú hun)

三、謎語：

1. 一項物仔，四四角角，有嘴，無頭殼。
   Chit hāng mih á, sì sì kak kak, ū chhùi, bô thâu khak。
   （猜一種用品）
   答：袋仔（袋子）

2. 一枝高高抵天邊，一尾烏龍沖上天。
   Chit ki koân koân tú thiⁿ piⁿ, chit bóe o· lêng chhèng chiūⁿ thiⁿ。
   （猜一種建築物）
   答：煙筒（煙囪）

3. 頭扼尾扼，中央拍死結。
   Thâu at bóe at, tiong ng phah sí kat。
   （猜一種早期能源）
   答：草絪（乾草束）

4. 一窟水，清幽幽，一尾鰻，紅目睭。

Chi̍t khut chúi, chheng iu iu, chi̍t bóe môa, âng ba̍k chiu。

（猜一種早期能源）

答：油燈

四、俗諺：

1. 近水，惜水。

Kīn chúi, sioh chúi。

（雖近在水邊，也要惜用水，物雖多，也不可浪費。）

2. 船破，也著抾釘。

Chûn phòa, iā tio̍h khioh teng。

（雖是破東西，也要善於收拾利用。）

3. 無想長，無存後。

Bô siūⁿ tn̂g, bô chûn āu。

（只顧眼前的享受而不顧及將來。）

4. 無錢薰，大把吞。

Bô chîⁿ hun, tōa pé thun。

（不要錢的東西，大抽而抽。譏人貪饞，不知自制。）

5. 破笠仔，好遮身。

Phòa le̍h á, hó jia sin。

（斗笠雖破，尚可遮身，廢物也有它的用途。）

6. 破鼓，好救月。

Phòa kó·, hó kiù goeh。

（雖是破鼓，但月蝕時尚可拿出來打。廢物，尚有用途。）

7. 有前蹄，無後腳爪。

Ū chêng tê, bô āu kha jiáu。

（只顧眼前利，而不顧後果。）

8. 害人，害家己。

Hāi lâng, hāi ka kī。

（害人則害己。）

9. 窟仔水，定定戽，嘛會焦。

Khut á chúi, tiā^n tiā^n hò·, mā ē ta。

（有限的東西，常用，用多了，也會沒有。）

10. 今世做，後世收。

Kim sì chò, āu sì siu。

（今世的惡行，後世有惡報。）

五、方言差異：

㈠方音差異

1. 什麼　sím mih/siám mih/sa^n mih
2. 飛　poe/pe
3. 田螺　chhân e^n/chhân i^n

4. 水雞　súi ke／súi koe

5. 暝　mê／mî

6. 溪　khe／khoe

7. 星　chheⁿ／chhiⁿ

8. 火金姑　hóe kim ko·／hé kim ko·

9. 叨位　tó ūi／tá ūi

10. 買　bé／bóe

11. 街　ke／koe

12. 四界　sì kòe／sì kè

13. 迌迌　chhit thô／thit thô

14. 洗　sé／sóe

㈡語詞差異

1. 火金姑　hóe kim ko·／火金星　hóe kim chhiⁿ
2. 厝角鳥仔　chhù kak chiáu á／厝鳥仔　chhù chiáu á／粟鳥仔　chhek chiáu á

六、異用漢字：

1. (sím mih) 什麼／啥物

2. (teh) 在／塊

3. (ê) 的／兮／个

4. (súi ke) 水雞／水蛙

5. (tī) 佇／置／在

6. (tó ūi) 叨位／佗位

7. (lâng) 人／儂／農

8. (khioh) 抾／拾

9. (beh) 欲／卜／懪／要

10. (sì kòe) 四界／四過

11. (chhùi) 嘴／喙

12. (siōng) 上／尚

13. (chhù) 厝／茨

14. (khah) 較／卡

15. (m̄) 毋／呒／嗯／不

16. (kā) 共／給

17. (kha) 腳／跤

《厝頂彼隻貓》光碟曲目對照表

曲目	內　　　容	曲目	內　　　容
A1	主題二十一　落大雨（天氣） 壹、本文 　　　一、落雨	A18	二、紅毛蟹
		A19	三、刺毛蟲
		A20	四、土蚓仔
A2	二、落大雨	A21	五、火金姑
A3	三、風颱	A22	六、黃蜴仔
A4	四、地動	A23	貳、親子篇- 露螺
A5	五、彈雷公	A24	參、補充參考資料
A6	六、A虹	B1	主題二十四　小雞公愛唱歌（禽畜） 壹、本文 　　　一、小雞公
A7	B虹		
A8	貳、親子篇- 天烏烏		
A9	參、補充參考資料	B2	二、鴨咪仔
A10	主題二十二　寒天哪會即呢寒？（季節） 壹、本文 　　　一、熱天	B3	三、粉鳥
		B4	四、雞及鴨
		B5	五、厝頂彼隻貓
A11	二、寒天哪會即呢寒？	B6	六、彼隻狗
A12	三、秋天到	B7	貳、親子篇- 去散步
A13	四、春天來啊	B8	參、補充參考資料
A14	五、四季風	B9	主題二十五　見笑草（植物） 壹、本文 　　　一、菱角
A15	貳、親子篇- 一、熱天 　　　　　二、寒天		
A16	參、補充參考資料	B10	二、花芳啊
A17	主題二十三　火金姑（小動物） 壹、本文 　　　一、田蛤仔	B11	三、草仔
		B12	四、蘭花
		B13	五、花

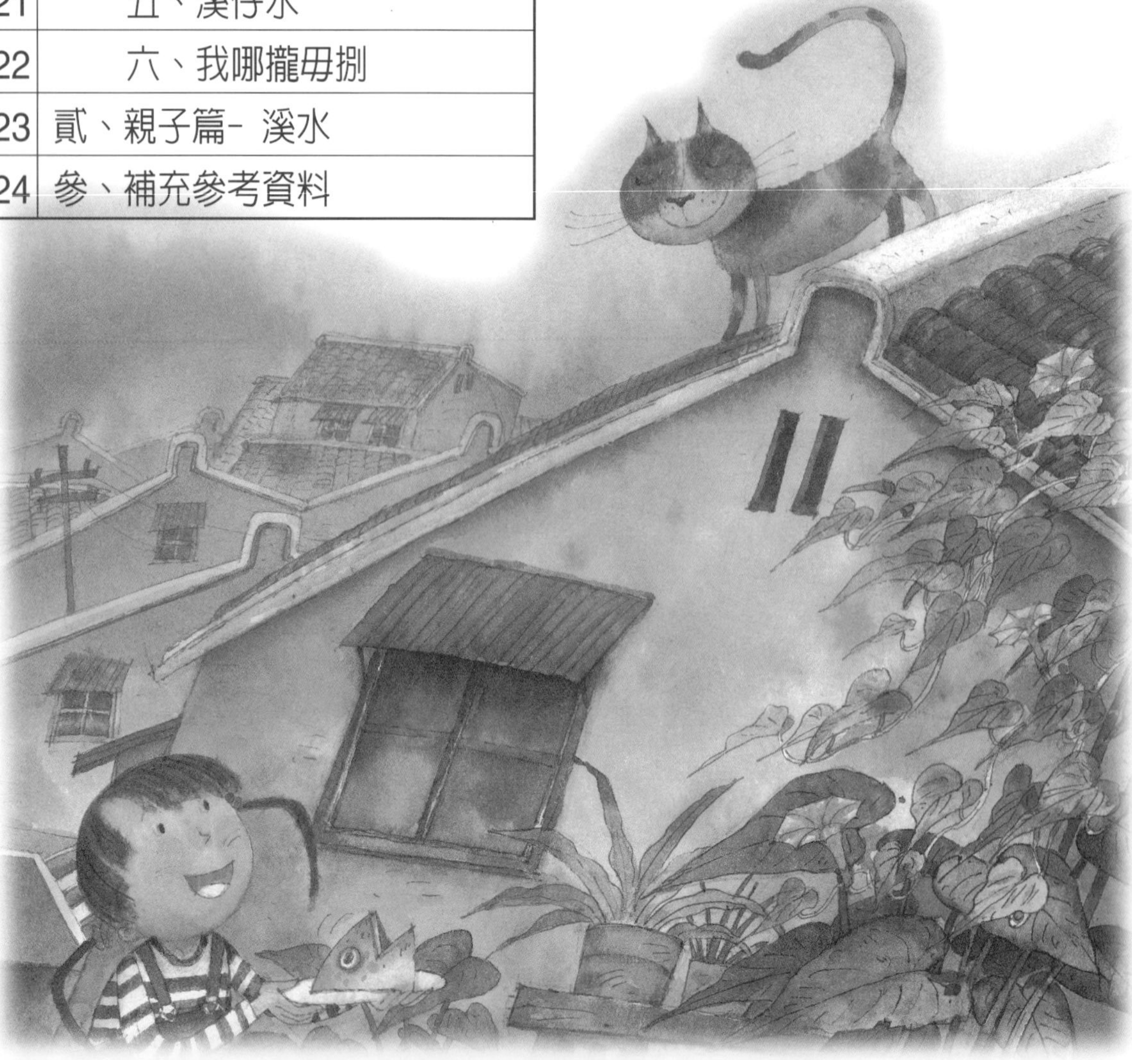

國家圖書館出版品預行編目資料

厝頂彼隻貓／方南強等編. -- 初版. -- 臺北市：
  遠流, 2002 [民 91]
    面；　公分 --（歡喜念歌詩；5）（鄉土教學・
河洛語）

    ISBN 957-32-4546-9（全套：平裝附光碟片）.
    -- ISBN 957-32-4551-5（第 5 冊：平裝附光碟片）.

  859.8   91000575

歡喜念歌詩 ❺ -厝頂彼隻貓

指導委員◎方炎明　古國順　田英輝　李宏才　幸曼玲　林文律　林佩蓉
　　　　　唐德智　陳益興　許明珠　趙順文　蔡春美　蔡義雄　蘇秀花
編輯委員◎方南強（召集人，童詩寫作，日常會話及各類參考資源）
　　　　　漢菊德（編輯大意：教材意義、組織及其使用主筆，教學活動規劃、修編）
　　　　　王金選（童詩寫作）
　　　　　李素香（童詩寫作）
　　　　　林武憲（童詩寫作）
　　　　　陳恆嘉（童詩寫作）
　　　　　毛穎芝（教學活動）
　　　　　吳美慧（教學活動）
　　　　　陳晴鈴（教學活動）
　　　　　謝玲玲（美編、內文版型設計）
內文繪圖◎謝玲玲　林恆裕　楊巧巧　林俐萍　台北市民族國小美術班
封面繪圖◎張振松
封面構成◎黃馨玉
出　　版◎遠流出版事業股份有限公司・正中書局股份有限公司
印　　刷◎寶得利紙品業有限公司

發 行 人◎王榮文
出版發行◎遠流出版事業股份有限公司
地　　址◎台北市汀州路三段184號7樓之5
電　　話◎(02)23651212
傳　　真◎(02)23657979
郵　　撥◎0189456-1

香港發行◎遠流（香港）出版公司
地　　址◎香港北角英皇道310號雲華大廈四樓505室
電　　話◎(852)25089048
傳　　真◎(852)25033258
香港售價◎港幣100元

著作權顧問◎蕭雄淋律師
法 律 顧 問◎王秀哲律師・董安丹律師

2002年2月16日　初版一刷
行政院新聞局局版臺業字第1295號
售價◎300元（書+2CD）
如有缺頁或破損，請寄回更換
版權所有・翻印必究　Printed in Taiwan
ISBN 957-32-4546-9（套）
ISBN 957-32-4551-5（第五冊）

YL 遠流博識網 http://www.ylib.com
E-mail:ylib@ylib.com